黑手小說

易水寒

陳秋見 著

晨星出版

自序

〔黑手小說〕易水寒

陳秋見

這本小說，有今有古。

書名易水寒，取自「風蕭蕭兮易水寒，壯士一去兮不復返」的詩句。

資治通鑑的史實記載上，對於「刺客」轟轟烈烈的事蹟，大多寥寥數語帶過！荊軻刺秦，圖窮匕現，被擊殺於秦宮。帝王世襲的君權時代，史官大筆記載，言僅如此！但，這也給了後代小說家，許許多多揣想空間。

自小習武，愛看七俠五義等章回小說，造就幾分崇俠尚武的性格。試寫小說，題材就選上英雄烈士的「刺客」系列。

下筆行文，成了武俠小說的格局，仗三尺青鋒，鏟世局不平，也算是率性而為了！

說古之後論今，另一系列，〈星座女子的情事〉，刊登於報紙副刊的假日小說中，每回都把副刊版面，一整個占據。原預定寫完十二篇，把十二個各具星座特質的女子，在情路上走出的十二種不同風景，一一描繪。

終究沒有完成！是因為自己不是一個能寫小說的人，個性太真不慣虛構，寫著寫著，便覺意興闌珊了！

寫這系列小說的時候，我把自己帶入文中角色，去體驗或觀察星座女子的情愛歷程，隨著小說情節，心情跟著起伏動盪，這正是小說迷人之處。不管是作者，或是讀者。

一今一古，編輯成書，明知難登大雅之堂，但盼給當初副刊主編一個掌聲，也給自己一個交代。見證自己，也在小說殿堂外，駐足徘徊過。

陳秋見於二〇一四年六月序

輯一 ╳ 刺客俠魂

CONTENTS

輯二 星座女子的情事

輯三 驚心歲月

輯　一

刺客俠魂

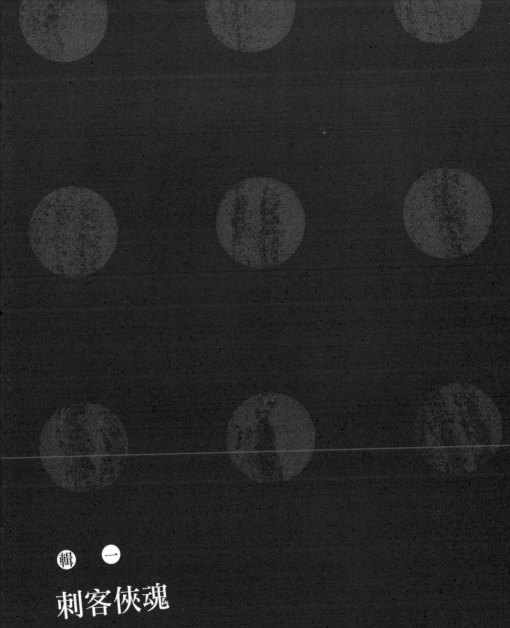

俠血薔薇

1 俠．之一。

周，安王五年，三月，韓相俠累被刺，刃及哀侯。

韓相名傀字俠累，擁兵自重，權傾君侯，大夫嚴遂為解民怨，亟欲除之。得訪軹邑里深井巷豪俠——聶政，以義相託。

聶政突擊博殺俠累於相府重重護衛之中，事成之後，恐禍延其姊聶嫈，持利刃割臉剜目，自毀容顏。

韓棄屍於市，並懸賞千金追索刺客姓名，聶嫈認弟，服毒屍旁！遂昭聶政千秋豪俠之名。

2 潛・之二。

刀，在修長粗糙的指掌中，彎成一弧雪亮。

早市的喧囂，漸趨沉寂。肉舖案上留下一些斷骨殘肉，布衣短襟相映市場零落景象，帶出些許春寒蕭索。「甲申三月。」聶政撫刀輕吁：「市井屠沽半載有餘，我聶政豈是終老案頭營生汲利之輩！」

絹布擦拭之後，聶政滿意的審視手中刀，光可鑑人，鬚眉畢現。再細看刀面上的這張臉，瘦了點，黑了些，只有灼灼雙眼，還透著幾分豪雄的桀驁。

四年前，郡城遊俠兒裡最是鋒芒的聶政，南城一霸，今日已是一介屠夫，終日刀不離手，割肉剁骨論斤秤兩的屠夫嗎？

（姊姊聶熒瞭解，季薇也瞭解……季薇……）

想起這個顏如玉、劍如虹的奇女子，聶政唇角便泛起了淺淺的，春波般的一抹溫柔。

郡城西南兩派遊俠兒的那場決鬥，他赤手空拳，折西城魁首薛無同一臂，毀薛無同一眼！把一干強梁土霸打得驚心喪膽，然後避禍南山。是那時候遇上這名女子，是這女子的父親季高老師，讓他聶政胸中強橫暴戾的怨鬱怒潮，納川導海，深流靜波。

四年山中讀書習劍，半載市井操刀屠狗營生，劍藝在血氣殺伐淬鍊裡臻於圓滿。這段沉潛歲月，聶政知道，季薇——眉眸一彎新月的季薇在南山翹首凝望，聶政藏鋏寶劍，脫鞘而出的燦亮光芒。

屠刀，在薄軟的手掌中旋轉把玩，寒光冰冷，恰似新月一鉤。

（美玉還在璞中深藏，季薇。）

（周王室沒落，天下紛擾，諸侯五霸後七雄並峙，權貴豪門，競相重金禮求奇技異能之士，或為刺客，或為翼衛，我若自炫求售，何愁千金之不可得？然則我還有寡母與聶熒，母姊深恩未哺。年少貪慕遊俠，成天喝酒打架鬧事，用得是聶熒市絹的銀錢和紡紗的青春！女兒家十四織素，十五裁嫁衣，而聶熒因聶政浪蕩，任明珠待字任其虛度，今已二十有六。）

（當潛龍離淵，季薇，我怕……怕滿天風雨將欺凌寡母弱姊熒熒身軀；當我縱情豪俠時，必將擔心仇家和對頭不利於他們母女！甚至，我已不忍母姊眉間留有一絲隱微牽掛。

我願忍，寧如虎豹匿跡，待時機做嘯天之吼，這些……季薇，妳該能懂。）

（而姊聶熒也應知曉。案頭書、箱底劍，半夜焚香展冊，天明庭院練劍，她佇立一旁，看著浪子回頭的我，期許我自在揮灑出一片天地，她的期許疼惜，是我該懂。）

聶政緩緩離開肉鋪，市場內人蹤絕跡，正午的陽光垂直照在青石板上。五步、十步，聶政踩著自己的影子，力量在手臂上浮凸青色筋絡，十五步！聶政霍然吐氣開聲扭腰甩臂，掌中屠刀在身前劃出一溜精光，破空輕鳴，飛旋斬向肉鋪牆上懸掛的厚木砧板。

「篤」一聲入木三吋，牛角刀柄顫抖微吟，聶政不必回頭，他知道，這一刀的勁道，亦可貫穿金盔銀甲！以此一技，亂軍之中取敵將帥，足矣。

石板路上，三月的暖陽絢麗閃動，聶政深深吸口氣，走向城南大門。

3 怫・之三。

落日時分。

殘陽斜照城廓，紙箔灰燼如鴿翩飛，落在路旁盛開的野花田裡，漬汙墨染晚春艷色。

聶政心冷如寒冬碎冰，沉肅無言的臉上，雪凍霜寒。

（季薇，妳等著！）

嚴大夫仲子先生出動府中樂伎，鼓瑟吹笙，奏起了哀亡之曲，相送季薇芳魂。原是南山空谷幽蘭，遽爾萎落於韓城卿相大夫的傾軋之間！

「韓傀！你自攏韓家大權，自做那韓城主宰，因何殺吾妻薇姑？韓傀——」聶政裂肺嘶吼，悲憤膺胸。

（棺槨遠去，將葬吾母墳旁，而母親，您未過門的媳婦嫻淑端雅，卻是劍客之女，只因薇姑仗義，單劍退敵，援仲子先生於垂危之際。韓傀豺狼心腸，遣刺客施虎豹手段得逞，這是薇姑相伴母親您於黃泉之下的緣由。聶熒已嫁韓城秦璞，所託君子溫良如玉，母親，若您奈何橋頭頻頻回首，當是牽掛這初嫁的乖女，您知我心意已決，必將博殺韓傀，只恐我莽撞而連累聶熒！這些我懂，我懂得如何趨避，以保聶熒。走吧，母親，不，請稍候片刻，薇姑魂魄一縷，還在後頭苦苦追趕。）

聶政撫著路邊芒草，葉緣尖利，血，自割裂的掌中一滴滴，滴落！迅速被黃土吸收。嚴仲子陪守一旁，擔心的看著這悍厲的漢子，空茫雙目裡至深的哀、至烈的怨，和那彷彿即將迸濺的隱隱殺機。

拿過供品和祭酒，聶政走入路旁草亭，嚴仲子步步相隨，聶政回頭一笑：「嚴先生，請樂伎將剛才的曲子再奏一遍，也送我一程，如何？」

嚴仲子瞠目結舌：「這……聶公子，此乃哀亡之曲，又，公子欲將何往？」

（欲將何往？韓傀權重猶過君王哀侯，更把韓地百姓視若芻狗，民心早積怨怒，這與我齊人聶政原來無干，然而，三年前，嚴先生走訪軹邑里，以義相託，今母喪三年屆滿，聶政已無牽掛，為我嫁韓的聶嫈，更為我相知的季薇，聶政必將撲殺此獠！我需要仇人的鮮血為屏障，遮掩我欲將奪眶的淚水。）

（季薇，妳等著。你也等著——韓傀！）

絲竹淒咽中喝酒嚼肉，聶政面沉如水，眼睛卻似火般，烈烈焚燒。

4 伏．之四。

哀亡之曲，餘韻猶在耳際迴迴盪盪。

潛行匿跡，避過相府巡弋的衛士，終於藏身議事大廳牆上匾額內，那身形鵲起投入的一瞬，還來得及看見匾額上雲龍獻爪的圖案。龍睛怒凸，聶政牢記方位，刀尖輕輕旋鑽，破木成孔，於是，自龍睛處透入的一絲光芒，便可窺視內廳門口垂懸的珠簾。

（韓傀，只要你入此廳議事，我聶政將若雲龍探爪般，做雷霆一擊，取汝性命。）

申時、酉時，相府庭園林木鬱暗，浮雲掩月。古劍束於背，屠刀別在腰際，廳內點起火炬，光亮如晝，藏身暗處的聶政，眼神淩厲，恍若鷹鷙。

一陣環珮叮鈴聲響，帶來香風陣陣，嬪娥長裙委地，持羽扇捧檀香，魚貫肅立。接著是重甲持戈的衛士進入大廳，兵分二路羅列兩側。

原來是韓哀侯在鐵衛簇擁下，夜訪相府！

聶政知道自己陷入重圍，卻仍凜然不懼，只圓睜虎眼，盯穩內廳珠簾。

（韓傀俠累雖是哀侯的叔父，然君臣有別，勢必出迎，滿廳翼衛的武士，將阻我出手突擊，亦將阻不住我虎入羊群之威，韓傀！）

迎賓樂響起，內廳傳來韓傀豺狼般的笑聲。聶政把懷中蒙面布套，輕巧罩上，耳邊已聽得轟一聲，衛士和侍女齊呼——丞相到。

5 擊・之五。

天理何在？

韓傀如此悍戾無情，卻偏偏因之逃過一劫。

聶政飛撲若豹，古劍揮出如電青光，直取掀開珠簾的一張黑臉。怎知韓哀侯這懦弱人君，竟降階以迎韓傀！而韓傀，在黑臉被劍光映成刷白的一瞬間，陡地縮躲至哀侯身後，將哀侯推迎向劍鋒後，滾身離開。

哀侯腰斬於地，宮娥嬪妃花容慘淡，驚慌尖叫！韓傀在數十鐵衛護翼之下，咆哮叫囂，喝令列隊衛士圍擊。

浴血已渾身！十盪十決，渾身已浴血。聶政踏過滿地屍體，看著眼前殘肢斷臂，看著圍成半圓悽惶喪膽的衛士，再看著自己身上淋漓翻捲的傷口，突地湧上一股深深的疲倦。

血將流盡，力已漸乏，渴睡的眼睛必須強自撐持，才能看清韓傀那張獰惡的臉。

（天理何在？季薇！）

猛吸一口長氣，聶政咬牙揮劍，再度如風衝擊，圍堵攔截的衛士如斷草般，紛向兩側折偃！韓傀噤聲匆匆走避，五步、十步，衛士以血肉築牆掩護他奔向內廳，十五步，聶政目眥盡裂，厲聲長嘯：「韓——傀——」

呼號的尾音，在空曠的廳堂中顫爆如雷！衛士失神乍怔，而韓傀倉皇回頭的一剎那，聶政腰間屠刀像追趕時光的流星般，燦亮閃現，旋飛斬斷韓傀喉頭一縷生機。

6 血・之六。

聶熒縞素提籃，走入鬧市人群最擁擠的地點。

那是兵卒執槍鎮守的方圓一丈之地，當中，一灘紫黑血泊裡橫陳一具屍身，街坊市井群集圍觀，議論紛紛：「這刺客殺韓哀侯，斬相父韓傀，這可是株連九族的大事，難怪懸賞千金三日，還無人認屍。也認不出來吧？那臉剁爛了誰能認？」

聶熒分開人群，不理會兵卒喝問，由籃中取出酒肉祭奠，更不管白衣素裙，雙膝跪入血泊中，手撫聶政殘毀的臉龐，放聲尖厲嚎哭。

整座市集靜詑在愁慘的哭聲中，店面布招在風中飄蕩如幡。

聶熒止了哭聲，顫顫巍巍立起身來：「今日，我來認屍，只不願此人壯烈勇武的俠舉被埋沒，他是為了我，怕我受牽累而自毀容顏，我要藉諸位之口，入天下人之耳，殺韓傀者，是我聶熒的兄弟，聶政——軹邑深井裡豪俠，聶政。」

脆厲語音，恍若細碎石子，灑落一池春水，私語聲漣漪般在人群中擴散……聶政……聶政……

聶熒泛起微笑，身子慢慢軟倒，唇邊湧出鮮血，終於俯伏於聶政屍身之上。

護場兵卒一邊喝斥鼓譟的人群，一邊伸手拉起聶熒，卻驚覺這婦人魂魄已渺！娟美慘白的臉頰上，未乾的血痕，觸目淒美，像雪地裡突兀開出的一朵薔薇。

一朵血艷薔薇。

無雙

殺氣！唯有殺人無數的猛將和視人命如草芥的刺客遊俠，才有這樣的眼睛，胡瘋子雖不聰明，總算猜到了這點……

1

暮春三月，草長鶯飛。

趙城晉陽，暖陽正如醉，禁宮西門外青石板路，蹄聲躂躂，豫讓馭車送客，行向東門市集。

藍布車簾掀動，糧行葉員外自車內探出頭來：「仇老大，這兒是哪兒？才西門啊！怎麼今個你這馬兒特別磨蹭，唉！腰骨子不行囉，人一老，顛也顛不得……」

豫讓竹笠遮眉蓋眼，只露出堅毅的下巴。偉岸的身軀像半截沉默的山，端坐車轅。他原來習慣葉老嘴碎的毛病，一向任由嘟囔，可是今天——在河東智伯命喪趙襄子手中整整一年後的今天，怨與怒的狂潮一波波正拍擊著他努力圍堵的堤防，他看一眼突出城垣的禁宮飛簷，夕陽下琉璃綠瓦斜映晚霞餘暉，如此溫潤豐足，如此安謐祥和！彷彿嘲笑著他豫讓的無能。豫讓手中馬鞭振腕揮出，鞭梢一彎切出炸音，精準的響在馬耳右側，那馬嘶聿聿一聲，突地加快速度，葉員外喊了聲唉唷，縮入車廂內。

一年來，豫讓潛形化名，自稱仇大，驅車載客運貨，繞過禁宮千百回，而禁宮內趙襄子卻足不出戶，殫心竭力的在廢墟中建立起他的王國。減免征賦，廣開賢路，趙國在河東智伯攻城一年後，迅速恢復元氣，人民也慶幸著得到一個明君。豫讓眼睜睜的看著仇人勤政愛民簡樸自勵的種種措施，復仇烈火在理性智慧的壓抑下，逐漸隱忍成溫熱的炭，卻依然沸騰著他的熱血！

晉陽一役，韓魏倒戈，聯合趙襄子敗軍，三面夾擊河東子弟的慘烈驚心，未嘗一日稍忘，亂軍之中，豫讓率數十鐵衛，認定趙襄子大纛，追殺三十里，欲待擒賊擒王。奈何形勢逼人，十數日的血戰，河東子弟六萬雄兵戟斷沙埋，無一倖免！河東智伯被執，豫讓只剩單劍匹馬回頭相救，唯尋得傷重垂危的智伯貼身侍衛一人，抖抖顫顫的指向遠處煙塵漫漫的城堞，斷續說出：「趙襄子……」

長劍指天，斷髮立誓的一句呼號：「必殺趙襄子！」此刻迸跳心中。豫讓怒喝一聲，馬鞭揮出一個個圓圈，劈啪聲不絕，馬愈發快了。

車至東門，黃昏市集裡人潮漸漸消漸漸散，那些什貨尚未賣罄者，拉扯住老顧客，在那兒增些減些幾文錢的吆喝著，也有些自顧著收拾東西，要趕在天光尚留濛濛亮度時回家。豫讓催馬甚急，一雙銳眼遠遠看見路口橫著一擔菜蔬，一個胖壯漢子亂髮蓬鬆，手上一束青菜，暮色蒼茫中但見他手舞足蹈，攔住人不放。那是菜販胡瘋子，仗著拳頭大胳臂粗，一向在市場裡強買硬賣蔬菜瓜果，但他取價雖高些，仍留有分寸，市場殷實商家膽小怕事，背裡說他東門一霸，當著面卻忍氣吞聲多花些小錢了事。胡瘋子因此以非為是，安安穩穩的繼續橫行。豫讓曾碰過他硬攔強賣，也安安靜靜地買過幾次。

看這光景，胡瘋子攔住路口，正是打算把那擔菜蔬軟硬兼施的賣給還留在市集裡的一干人眾。

豫讓緊了緊韁繩，馬蹄放緩，距離十丈，胡瘋子聽得蹄聲，轉過身來，張開雙臂！他認得仇大的馬車。

豫讓沉沉一喝：「胡瘋子，讓開！今天仇大不買菜。」

他確定胡瘋子聽清楚了。然而九丈，八丈，七丈！胡瘋子依舊嘿然凝立不動。豫讓氣往上湧，叱吒一聲，韁繩一抖，那馬長嘶人立，放蹄飛奔，車簾內葉員外才待探頭出來，冷不防又摔回車內。四丈，三丈，二丈，市集內人眾倉皇躲閃，失聲驚呼！胡瘋子臉色刷白，心裡想著要躲卻是雙腿發軟，一丈！豫讓雙臂著力，緊拉韁繩，險險乎將馬車停了下來，那馬急奔乍止，雖沒踩著胡瘋子，卻也把他一擔子菜蔬，踢得狼籍不堪。

驚魂甫定，惡念即生，胡瘋子衝到豫讓面前罵道：「仇大，你瞎了眼不成？」提起缽大的拳頭，當胸擊來。

豫讓微一側身，自車轅另邊下來，胡瘋子一拳打空，繞過車廂追來，卻見仇大推高那長年蓋住眉眼的竹笠，露出一雙烈焰般焚燒的眼睛，那光那亮讓他俊美如月的臉龐帶出刀鋒般的森冷。胡瘋子機伶伶的打個冷顫，滿腔戾氣突然消逝無蹤，在仇大回頭瞪視他的極短片刻，胡瘋子升起了生平從未有過的恐懼情緒，只覺得自己是蛇信下的蛙，是餓虎爪下的兔！

殺氣！唯有殺人無數的猛將和視人命如草芥的刺客遊俠，才有這樣的眼睛，胡瘋子雖不聰明，總算猜到了這點。

2

當胡瘋子默默挑著空擔離開市集，而市集裡目睹仇大精湛的馭馬術和偷窺到仇大那雙精芒四射的眼睛的人，正交頭接耳胡亂猜測，到底仇大是深藏不露的遊俠兒？還是越獄殺人的江洋大盜時，豫讓已回到東門胡同盡頭的一處小院落。

馬解索，豆上槽，豫讓就站在梧桐樹下的陰影中，讓一襲短襟黑衣慢慢溶入夜色裡。

巷弄深處的青瓦平房，就是他一年來韜光養晦之所，有一個女人，文姜陪伴著他。文姜原是名噪范邑的美人，豫讓在范中行手下當食客，未獲重用，唯文姜以一歌伎閱人無數的慧眼，在碌碌庸材中識破豫讓的鋒芒。為了文姜，范邑領主范中行不惜以白璧十雙，黃金百鎰，懸賞勇士刺殺豫讓奪回愛妾。豫讓攜文姜轉投河東智伯，由智伯作媒，代豫讓媒聘，讓亂世中情奔的一對奇男奇女正式結為夫婦。

一個是劍技勇冠三晉的奇士，一個是智慧深沉的巾幗奇女，從此讓智伯尊為國士，禮為上賓。

智伯原為趙襄子家臣，領有河東食邑，占趙國十之二三的土地，唯智伯雄才謀略，急欲取代趙襄子為趙國君侯，進而逐鹿中原。周末皇室無能，中原群雄互相吞併攻伐，時勢造就英雄，英雄也創造時勢，這原就是一個人才出頭的時代。

智伯得豫讓和文姜來投，如虎添翼！豫讓領軍，文姜謀策，輕而易舉地併吞鄰近的小邑，短短幾年內，軍容為之大盛。智伯更聯合韓魏，進逼晉陽。

然而，韓魏各懷私心！當河東子弟和趙襄子十數萬大軍血戰城郊時，韓魏援兵遲遲未至，等到智伯以寡擊眾破城而入時，韓魏君侯眼見智伯用兵如神，認為趙地若落入智伯手中，將成為韓魏背上芒刺，遂向趙襄子索取瓜分河東，三軍聯攻晉陽。

一場更慘烈的血戰之後，智伯英雄霸業，灰飛煙滅！

趙侯家一場爭權風波，掀動三家分晉以來最大的浪濤，終歸平息。趙襄子將智伯凌遲處死，更取其首級製成酒爵，一為洩憤，二來惕勵。豫讓深知智伯乃一磊落豪雄，下場如此，皆因時勢使然，然而死後猶遭趙襄子如此汙辱，豫讓若不取回智伯首級，給予厚殮，又有何面目苟活於天地之間？

怎知一年來，他豫讓竟只能是大仇身側，一個卑賤的車伕——仇大！

夕照最末一朵殘紅隱沒，梧桐樹上鴉雀爭巢的聒噪，聲息漸渺。豫讓走向亮起油燈的瓦房，正待叩門，那木門咿呀一聲打開，文姜素衣素裙，胭脂不施迎在門檻前，那形容清減不失秀麗，眉清眼亮的幾分英氣，此時略帶婉婉哀愁！豫讓低頭瞧見文姜鬢髮上斜插一朵白花，顫顫巍巍，心中瞬即了然。

淨手洗臉，跟著文姜進入後院，一方長案坐東朝西，桌上三牲四果香煙繚繞，正中央豎一木牌，了無一字！夫婦倆長跪焚香祝禱。他們拜的是智伯，只是沒取回智伯頭顱之前，他們無顏以對智伯。

拜祭之後，文姜入廚整治菜肴，豫讓獨坐廳堂自飲自酌，待得文姜擺好飯菜，豫讓喝的已是不少。

「智伯謝世一年，豫讓，你就沉不住氣了？」文姜柔婉阻止豫讓添酒，塞了一碗飯給他。

「胡瘋子？」豫讓知道文姜看似柔弱，其實聰明慧黠，市集裡定有她布下的眼線。仇大市集奔馬，在胡瘋子眼前露出鋒芒血氣，大概沒能瞞過文姜！是以只說出三個字，即不再言語。

「豫讓，妾身安排你入市井操賤業，只為磨淡你勇武逼人的氣質，濾清你的殺伐銳氣，若你鋒芒未褪，縱有機會接近趙襄子，也如一把脫鞘利劍，那光芒必然難逃趙襄子重重鐵衛之眼。」文姜一嘆接口說道：「夫君，我知道這很難，你是堂堂正正的猛將，匿跡伏擊的刺客行事，卻是委屈你了！」

「對不起，文姜，仇大驅車一年，行藏未露，卻也沒有進宮的機會。並非豫讓不能忍，而是我覺得如此守株待兔不是辦法，趙襄子十年不出宮，豫讓寶劍莫非須得藏匣十年？」豫讓低垂眉眼，無限困惱。

「有另個辦法，但我知道夫君你不肯答應。齊楚燕秦等諸侯大國，正當求賢若渴，以君將才，何必自困三晉？在這龍虎風雲的世代，若君肯另投他國，他日必能掌符官印，舉兵滅趙，生擒趙襄子，亦非難事……」文姜重提舊議，見豫讓臉有不豫之色，一笑住口。

「文姜！趙地晉陽，皆為妳我根血深植之地，殺一獨夫可！若有他國野心狼子欲拔趙國宗祚，豫讓仍願捨私仇就國難。此事吾意已決，休得再提！」

文姜為自己斟滿一盅酒，向豫讓舉杯邀飲，烈酒入喉，紅霞撲面，文姜說得氣壯，也說得情柔：「文姜明白，當初棄富貴出范邑，此身當如藤蘿，纏繞夫君這方磐石，磐石不移，妾身枝葉蔓衍，為君潤色，從未作他想！智伯大仇，讓妾身與夫君過了一年尋常夫妻，有這一年，文姜一生不枉！剛才一杯酒，與君訣別，妾身已覓妥城北尼庵，暫作藏身處。明日夫君將入禁宮，若能成事，猶有相見之日……」

豫讓霍地站起：「入禁宮？文姜，如何能入禁宮？」

文姜再度舉杯示意，看著豫讓落坐飲酒，才平靜的說：「明日午時起，趙襄子宴請韓魏使臣，共商禦西戎強秦之計，趙襄子為展示愛民求才之心，特在校場設競技項目，並准侍衛食客等推薦勇武人才入宮獻藝。明日王飛虎王侍衛將帶君入宮，我誇你仇大熟知馬性駕馭嫻熟，且力能止奔馬。以君技藝，求一侍衛甚或為趙襄子御駕，皆有助狙擊……」

豫讓剎時熱血奔騰，連浮三大白！燈影酒意豪情，讓他俊秀的臉龐，發散出至剛極柔交融的魅力，水樣柔情婉轉，岩般堅凝無畏，文姜彷彿看得痴了！芸芸眾生裡她回眸一眼，便將之鏤入夢魂的豫讓又活過來了，初識時的驚心與甜蜜，巨浪狂潮般在文姜心中翻騰。

文姜繞過桌邊，偎入豫讓懷中。在這一刻，她完全摒棄生離死別的哀慟，坦然面對生命中的摯愛即將成為天際流星的事實！文姜只覺情思洶湧，但願一生的光與熱，一夜之間焚燒殆盡！她仰起絕美秀靨，紅唇如火：「夫君！請把你一生的溫柔留下，給文姜，給你的妻子。」

3

校場築起高台，黃綾布幔圍成三面高牆，布幔前遍插旗幟，雪亮旗尖斜映午後艷陽，閃閃生輝。墨紅織毯貼滿平台，正中央擺著檀木長案，桌面上酒肴瓜果俱全，長案後方並立十數名帶刀侍衛，一式藍襟錦袍，長案左右兩側，雁翅般站著盔甲武將，持著鬼頭盾，高台下一隊兵士執槍井字形排開，護住四周。豫讓就在高台下不遠，和那些獻藝競技的勇士一起望著台上歡宴韓魏使臣的趙襄子！

趙襄子正當壯年，長身美髯，雙眉斜飛入鬢，顧盼之間，自然威嚴！豫讓猶豫了，他知道只有趙襄子才配領導趙國與群雄逐鹿中原，豫讓也明白了，智伯雖然豪勇過人，終究只是草莽英雄，趙襄子雍容華貴的人君氣度，正是智伯身上所沒有的。

然而，他必須搏殺趙襄子，讓趙國痛失君侯，讓其子民成為群雄鐵啼下的亡國之奴嗎？

台上歌舞方歇，龍獅已在鑼鼓頻催下躍入場中，競技即將開始！豫讓突然看見趙襄子朝後招了招手，一個侍宴鐵衛，由腰際包袱取出一顆人頭——智伯的人頭。

生漆彩繪，面目宛然如生；然而被削平的天靈蓋，讓原本雄武的眉眼鬚髯，成為畸形的、卑憐無奈的表情，韓魏兩使嘲弄著提起金錫酒壺，將美酒注入天靈蓋裡！在趙襄子雙手捧頭，就唇一飲而盡時，豫讓心如千刀萬剮，心中翻翻滾滾只是一句：「此仇不共戴天！」

刀槍劍戟射御，循序較技，掄魁者入校台之前，由趙襄子親手斟酒賜飲。直到最末一項御車之術，豫讓操縱雙馬戰車，旋切迴閃，穿過校場中臨時豎立的竿林，只聽得校場四周看台的民眾喝采聲綿延不斷：仇大、仇大、仇大……

驅車一趟，引得校台上趙襄子翹首注目，那仇大何許人？他依稀記起智伯被三國圍殲時，有一員猛將率數十甲兵，縱橫突圍於千軍萬馬之中，他曾問起左右，謂之智伯手下第一勇士豫讓。這仇大操控雙馬戰車如臂使指，若能羅致車旅，未必輸了那豫讓。

豫讓果然奪魁，侍衛唱名時豫讓跨步而出，炯炯雙目直視校台。趙襄子斟酒一盅，特立起身來朗聲宣布：「壯士駕馭之術，天下無雙，本侯以此酒敬壯士。」

全場轟雷般掌聲響起，鑼鼓密如急雨，一名侍衛捧酒走近豫讓，喝道：「仇大，跪接！」豫讓目光一寒，凜然不動！那侍衛又喝一聲：「仇大，跪！」

前幾位掄魁者雖獲賜酒，唯趙襄子並沒特別讚揚，也並未跪接賜酒。如今趙襄子起身相敬，豫讓理應跪接，但熱血可灑，性命可拋，他豫讓怎肯向大仇屈膝！另一名武將見豫讓不跪，趨向前來大喝：「無知刁民，還不跪下！」和那持酒侍衛一人一腳踹向豫讓膝窩。

豫讓放聲長嘯，激昂悲憤，嘯聲未了，雙足微錯，左右當胸一拳，把武將和侍衛擊仆三步之外。韓魏使臣和一干賓客驚詫站起，場中鑼聲鼓聲剎時停息！只剩豫讓困獸般的嘯聲尾韻迴迴盪盪。

趙襄子舉手阻止身邊侍衛的騷動，說道：「聽說智伯手下有一猛將豫讓，晉陽一役後即失蹤跡，台下壯士可就是那豫讓？」

豫讓厲聲道：「正是豫讓，智伯兵敗，唯死而已，取髑髏為杯，豈是人君之道，豫讓今日拚著一死，也要替智伯報此深仇。」

趙襄子語音平和：「錯了，智伯乃趙之家臣，本侯重託其河東之地，倚為臂肱，怎知其未報君恩，竟爾率叛軍攻君城，罪該萬死。以其頭顱作酒器，若能惕勵本侯慎保趙室宗祚，也算替他稍贖前罪！豫讓亦是趙民，焉能不明君臣之義？」

豫讓依舊聲色俱厲：「智伯待豫讓如手足，若你真倚智伯為臂肱，我以一命換你右臂一隻，好叫智伯瞑目。」

趙襄子還待開口，見豫讓空著雙手，大踏步行向校台，台下禁軍都統喝令士兵阻擋，刀槍並舉，將豫讓圍在當中，不禁搖頭一嘆！

豫讓夷然不懼，任憑槍尖在身前左右晃亮森冷鋒芒，大喝道：「擋我者，死！」陡地一退，在身後槍尖一沾即起，隨著一側身撞入前方槍林中，左右長槍雖然在他身上縱橫劃下幾道血痕，但豫讓已自禁軍兵卒裡夾手奪來一桿長槍。那槍一入豫讓手中，彷彿帶出蛇信般的殺機，槍纓眩目，槍刃鎖喉，一槍捌出，總有一名禁軍掩喉委地不起。那正是戰陣殪敵的技藝。

十盪十決，浴血渾身，豫讓天賦的殺氣此刻完全被引發。禁軍兵卒瞧在眼裡，不禁心膽欲裂！包圍圈子不知不覺擴大許多。豫讓作勢挺槍往前衝殺，前排兵士一窒一退，豫讓槍尖突沉直插入地，槍身木桿一彎崩直，碩大的身軀彈跳而起，恍若猛虎般撲上校台，撞入鬼頭盾牌中，盾面突出的尖角獠牙在他肩背上撕開幾道傷口，豫讓恍若未覺，雙手扯定盾牌銳緣，一掀一翻，將那持盾武將摔下台去！豫讓搶來刀盾，勇氣倍增，怒視趙襄子喝道：「智伯陰魂不遠，趙襄子你納命來。」

趙襄子按劍凝立，端肅無言，韓魏兩使臣倉皇走避！雁翅般排列的台上武將，此時合攏來，舉刀持盾布成銅牆鐵壁，將豫讓圈住，藍衣錦袍的帶刀侍衛，長刀出鞘，團團護定趙襄子。

校場上觀禮的人眾，正被兵士驅離現場，鼓噪聲驚天動地，但豫讓和武將鋼刀銅盾撞擊廝殺的聲響更如晴天霹靂。這又是另一場苦戰，豫讓縱然豪勇絕倫，奈何立於校台上的武將也多是千軍萬馬中闖蕩過來的勇士，加上身著盔甲，豫讓每挺進一步，殺敵一人，身上便多出來幾處傷口，再殺個兩名武將，豫讓已覺氣息促乏。

趙襄子眼看繼續纏鬥，那些統領兵卒各鎮一方的武將，必然折損過半，他推開擋在身前的侍衛，朗聲喝道：「住手，聽我一言。」

令出如山，眾武將罷手挺立，鬼頭盾牌鏗然觸地，豫讓收刀站定，任由渾身鮮血無聲無息滴落紅毯，俊秀的臉上線條，雪岩般蒼白森冷！

趙襄子道：「豫讓，智伯已死疆場，若你肯為我所用，本侯將厚殮智伯，你意下如何？」

豫讓搖頭道：「不行，智伯命喪你手，我必須為他報仇！否則豫讓有何面目立於天地之間？」

趙襄子喟然一嘆：「良禽擇木而棲，豫讓，我那招賢館大門敞開，你不來投，卻先找范中行，後投河東智伯，你太沒眼力！」

豫讓沉默片刻，他懂趙襄子惺惺相惜之意，但嫌遲了些！豫讓持刀跨步，熱血上湧大喝：「豫讓並非反覆小人，但求一死全義。」

「且慢！再聽我一言。」趙襄子戟指大喝，語意森嚴：「豫讓，你好不明事理！枉稱忠義，身為趙人，不知忠君之事，跟智伯這般亂臣賊子說什麼義？你走吧，趙地仍由你出入不禁，你回去仔細思量。」

豫讓刀盾擲地，說道：「今日不殺豫讓，他日豫讓仍將犯駕，此志不貳！」

趙襄子一擺手，鏗然說道：「那也由你，去！」

豫讓跳下高台，著地時牽動身上刀創！微一踉蹌，依然站直，一步一步穿過空曠無聲的校場。孤單、惶惑、疼痛，都比不上他洶洶襲來，渴望昏迷長睡的疲倦！

眼前斜陽，血也似的紅。

4

日落月升，星移斗換，豫讓血染競技場的事蹟，經過兩年，還在晉陽城裡流傳著。

可是，驅車的仇大不再出現，他那美麗的妻子也不知去向。豫讓自禁宮出來，伏身馬上奔出晉陽城，守城兵士不敢阻攔，馬蹄揚塵處，豫讓也從此失卻蹤跡。

流傳的耳語裡，有人說豫讓不忘舊主，不變節事仇，是忠義烈士，也有人惋惜趙襄子一代人傑，義釋豫讓，偏不能得豫讓相助，否則何懼西戎強秦！茶館裡，留著山羊鬍子的老掌櫃說的最有學問：「國乃千秋大業。不爭千秋，爭那一世虛名何用？豫讓空負勇士之名，見事理不明之至。」

趙襄子簡樸自勵，勤政愛名，深得晉陽人心。街談巷議或有爭論，但他們都同意一件事：不能叫豫讓殺了趙襄子。

茶館外，初秋的陽光曬暖石階縫隙的青苔，一名蓬頭垢面衣衫破爛的乞兒，半倚著石階，一邊翻著破棉衣，一邊傾聽茶館內紛紛議論的聲息。有人出來，那乞兒一手執杖，另一隻手伸出來乞討，聲音粗礪沙嗄：「大爺，行行好……」被乞討的人通常掩鼻逃開，狀至嫌惡！

那乞兒渾身酸腐氣味，頭臉手臂滿生疥瘡，猙獰可怖！半年前由遠處逃難至晉陽，從此落定。白日四出市肆酒樓乞食，夜晚破廟瓦窰隨意安身。東門一霸胡瘋子嫌他礙眼，狠狠打過他幾次，這乞兒死死抱住他那隨身竹杖，不吭不響任由打罵，也不求饒！隔日鼻歪嘴斜的照常前來乞討，胡瘋子後來打得手軟，也不來理睬他。

晉陽城沒人料想得到，他們熱切談論的豫讓就在左右，這乞兒，正是豫讓！

欲刺趙襄子，必不能遠離晉陽，可是，他在校場露過面，晉陽城無人不識他，他也不敢上城北尼庵相尋文姜，恐為文姜帶來無窮無盡的困擾。為了改換形貌，他選擇了最激烈最痛苦的方法，以生漆塗滿頭臉臂腿，任由皮膚銷蝕生瘡，怕聲音被人識破，生吞炭粉燒啞喉嚨！歷盡生死奇險的折磨後，豫讓終於確定，再沒人能認得他！而殘顏毀容的代價，他必須向趙襄子索取！

半年來，忍過多少欺凌辱罵，他的機會已經來臨。

趙襄子終於察覺，以智伯的頭顱為酒器，固能警惕自己，卻得不償失。河東弟子因此一直耿耿於懷，在豫讓之後已發生多次冒死行刺的事件，再者，其中洩憤的成分居多，難免有失君侯的寬容大度，遂昭令在智伯逝世滿三年時給予厚葬。塚已構建完成，趙襄子打算親手將智伯人頭送入棺木，以平河東民怨。

豫讓在智伯墳墓構建的地點乞食過，走過數十次趙襄子擬定行經的道路，終於覓妥伏擊地點，挖好藏匿之處，距離智伯三年忌日，只剩七天。

生死成敗，這一生已無暇顧及，但求無憾！

豫讓漫無目的的走著，走過斜陽草樹，走過流水人家，眼前竟是丘陵綿延，錯落著幾間土石寺庵，城北！他整日神思恍惚，卻終是落足城北尼庵之地。

隨便尋個庵外牆蔭，豫讓倚石而坐，輕撫手中竹杖，心中悵然！若有怨憾，應是文姜！為求忠義，情愛無緣，他註定要辜負她，他這個選擇尼庵藏身的，美麗的妻！

5

晉陽西山，三面懸崖圈出一片寂寂谷地，那是趙家官塚。智伯的墓穴背倚峭巖，一隊白衣樂伎，正在墓側聲聲吹動哀亡之曲。絲竹嗩吶泣訴悲號，傳入谷口眾人耳中，西風起處，黃葉凋零，更添淒涼氣氛。

葬禮儀式素簡莊嚴，晉陽城人眾扶老攜幼齊聚谷口觀禮。他們最想看的其實是那一排排挺立在他們面前的甲兵，那些威武的禁宮侍衛，以及他們心目中慈祥的君侯，趙襄子！河東仕紳子弟，遠自幾天前即趕至晉陽，這一日數百人個個披麻戴孝，一路尾隨禁軍儀仗之後，垂淚相送智伯。

他們臉上雖有哀戚之容，更多的是感激與欣慰！河東原本貧瘠，智伯在世時為求大業，養兵用兵所費不貲，那些過重的征賦，更是雪上加霜！智伯以進軍中原的遠景，請求河東子弟共體艱難，雖止民怨，但民生困苦終究是事實！趙襄子擒智伯，收河東，隨即下令減免河東征賦三年，如今更義葬智伯於趙家歷代君侯之側，怎不教河東子弟為之俯首涕零！

趙襄子這步棋下對了！當他把髑髏杯放進棺木，看著棺木沉入土塚。再抓起一把沙石灑上棺蓋，唇邊不禁露出一絲微笑！因為他看見被軍士阻隔在谷口的觀禮人群裡，所有為智伯披麻的河東子弟全跪了下來，哀樂聲中，趙襄子也聽清了他們低沉呼叫著：「君侯千歲，千千歲！」

他的微笑逐漸加深，中原諸侯或以權術或以苛法峻律攝伏人心，唯他一貫秉持以德服眾，河東民風悍厲莽勇，終也能感悟德政的和煦暖意。

趙襄子拱手一揖，禮成！絲竹嗩吶由急漸緩漸轉幽柔，就在一片淡靜祥和的樂音中，墓穴上方的峭壁突然崩落碎石土塊，露出懸崖壁洞，一條人影藉由蔓藤盪落墓穴之前，手中竹杖揮出，一把冷厲扁長的利劍脫鞘而出，直取趙襄子。趙襄子才一抬頭，猛見一張惡鬼般猙獰殘毀的臉孔撲近眼前，寒涼劍鋒已臨頸項，卻在貼頸切入的一剎那，劍鋒一轉，割斷耳際一撮髮絲後以劍葉壓上肩頭。那雙森森殺機的眼睛好熟悉！

「豫讓——」他脫口驚呼！只覺身邊突地搶出兩人，兩把長刀幾乎同時刺入豫讓胸腹，一雙精亮的眼痛苦的黯淡下來，擱在頸旁的長劍仍然文風不動，趙襄子用幾乎心碎的聲音大叫：「住——手！」

兩名搶出救駕的侍衛臉色慘白，放手退開。他們原想逼退豫讓，故爾使出全力刺出雙刀，沒想到豫讓寧可以身體受刀創也不肯移開趙襄子頸上長劍！原本驚叫的人群，喝斥的軍士剎時噤口無聲，只剩下一個人還喊著，那是胡瘋子，他又看到那雙令他心膽欲碎的眼睛出現眼前，而那雙眼睛卻又在一個飽受他欺凌的乞兒身上，他幾乎瘋了一般顛倒喊著：「仇大，不，他就是豫讓，不是，他……」

跪地拜伏的河東子弟霍地站起！數百人齊一的動作，衣袂拂動的聲息直震得整個山谷嗡嗡作響！接下來齊呼豫將軍的聲音更似驚濤拍岸，豫讓衣衫襤褸，形容醜惡，但整個人就像他出鞘的劍般，銳利森冷！此時他手腕震動，寒光一閃，劃破趙襄子身上蟒袍後拄劍於地，嘶聲說道：「我為智伯報仇，剛剛一劍原該斷你首級，但豫讓不忍趙國失卻仁德君侯，割袍斷髮以代，我只能為智伯做這麼多了！」

劍離頸旁，趙襄子後退一步，隨即被侍衛簇擁護住，他擺手叫侍衛走開，獨自面對豫讓，趙襄子不愧為一代仁傑，受此驚嚇，仍未見狼狽，他痛苦的說：「豫讓，你何苦把自己折騰成這個樣子？智伯所能給你的，我也能，兩年前的校場，你不明白我的心意嗎？」

豫讓道：「我懂，但智伯以國士待我，我以國士相報智伯，所為士為知己者死，如此而已！」

趙襄子道：「我亦可以國士待你！共圖趙國大業，你何不取？」

豫讓搖頭：「國士無雙！一個人一生只能做一次國士，才有無雙之說。」

趙襄子喟然長歎：「都是虛名，虛名吧！」

豫讓不再說話，身上重創已讓他胸腹之間彷彿燃炙著一團烈火，他艱難轉身，面向智伯棺槨，屈膝長跪。趙襄子趨前一步，直視豫讓背後凸出的兩截刀尖，再難壓抑心中的悲涼疼惜：「豫讓，你可是尚有未了之事，欲託本侯？」

只一剎那，豫讓千呼萬喚匯集成文姜兩字，話至喉頭，又生生嚥下。生死不足惜，為什麼一份深情，竟然凌越生命之上，叫人難捨難絕？豫讓熱切的望著眼前浮現那文姜秀慧艷麗交揉的臉孔，又覺心頭欲裂！

青燈古佛，長伴紅顏！是他豫讓叫文姜走入如此孤絕的命運裡，他寂寞至深的垂首吐出：「謝君侯厚愛，豫讓無所求！」

語音一落，橫劍一揮，頸項熱血狂噴，身軀緩緩軟倒，拜伏智伯墓穴泥地，河東弟子痛哭失聲！

趙襄子默立良久，終於含淚朗聲宣示：「豎碑立字，上書『無雙國士豫讓』六字，葬智伯之側，豫讓勇武忠義兼俱，乃我趙家國士，天下無雙！」

秋風漸厲，哀亡之曲迴旋風中，谷裡，片片凋楓如血，漫天飛舞。趙襄子揮揮手，一行沉默的隊伍離開山谷，走入凄冷風煙，無語！

魚腸劍

0

春秋戰國時代，群雄併立，諸侯領主為了逐鹿中原，大開招賢納才之門，多少草莽布衣，因此封侯拜相，其中越王勾踐臥薪嘗膽的復國故事，造就出越女西施、范蠡、文種等名傳千古的秀異人物。

這些英雄美人的燦爛光芒，其實皆由一個刺客——劍士專諸所引燃。若不是專諸魚腹藏劍，擊殺吳王僚，讓公子光入主吳國宗廟而為吳王闔閭，一代名將伍子胥將只能在吳市吹簫，沒沒以終！沒有伍子胥的輔佐，吳國不會有興兵伐楚，大會諸侯於潢池的霸主氣象，吳越爭鋒這般轟轟烈烈的事蹟，更不可能發生。

專諸以一市井遊俠，破出性命，寫下春秋戰國最瑰麗豪壯的一頁，卻僅在史冊上輕輕帶上一筆，連被火焚於姑蘇台上的吳王夫差，名聲都比他響亮許多。歷史，畢竟不是完全的公平！

1

豬頭不賣，不賣！他娘的，俺說了就算數，就只你麻皮敢胡賴。豬耳朵也不行，今個晚上西門城隍廟口，專諸召見大夥弟兄，這豬頭咱留著下酒用，算你識相，提到專諸名字，你這龜兒子連豬頭皮都沒敢啃一塊去！引見？你胡麻皮算老幾？吳市眾家遊俠兒，齊奉專諸為龍頭，豈是你麻子說見就見的？這麼著，今晚咱少了個擔豬頭的夥伴，你來吧，算你是俺廖阿三的朋友，狗運好，遇上了專諸席間跟你拍個肩膀，說上兩句話，你胡麻皮在吳市打混，就沒人來欺侮你了。

說起專諸，就由不得俺想到三年前南城和咱北門這兩幫人馬的那場決戰！兩幫龍頭全看上了彈琴唱曲的歌伎雁姬，但南城那落腮鬍子老大，粗人一個，怎配得上雁姬這嬌滴滴的小娘，咱老大盧秀家大業大不說，更難得長得眉是眉眼是眼，姊兒愛俏不是？駱大鬍子爭不過，南城那幫人卻擺出擂台叫陣，北門弟兄當然不能滅了威風，擂台上挑出頂尖兒的高手單對單的拚鬥，台上血跡斑斑咱還清清楚楚記得！

就那時候，專諸，不曉得打那兒冒出來的這個外人，卻上了擂台，硬攔著要當和事佬。麻皮，你瞧怎麼著，他專諸手中一把長劍，連敗十二個技藝精湛的遊俠兒，咱老大盧秀和駱鬍子的大刀銅鎚，多走了幾個回合，也沒逃過他攏在左袖裡的那把短劍。俺阿三的牛角屠刀也算短兵器，平常在北門弟兄裡多少還掙出些名氣，依俺看法，專諸的短劍，簡直像長在蠍子胡蜂身上的刺一樣，又快又狠，極險極毒！當然手下留情，要不我那盧老大還有命在？俺？別逗了，俺那兩下子還真端不出去。結果？結果不就是俺剛說過的，兩幫言和，他專諸成了大龍頭。

有了專諸當龍頭，兩幫併作一幫，以往動不動就拚個你死我活的情況就絕跡了。安穩是安穩，可這筋骨全鬆散啦！咱盧秀替專諸買了個四合大院，讓他落籍，專諸接了他寡母住下，雁姬沒事老往那兒跑，陪大龍頭他老夫人說話解悶。可不是，專諸後來特地去瞧瞧引起兩幫械鬥的雁姬，對上眼了！爭？駱鬍子和盧秀老大沒得爭啦！

我說麻皮，今個晚上你給俺特別警醒點，聽說大龍頭要給大夥兒引薦個朋友，王八配綠豆，俺阿三交的是你這號人物，龍頭的朋友不用說，當然是個了不得的英雄豪傑。誰？咱老大沒說，我也不好問，去瞧瞧不就得了。

還有，歇會兒你來幫忙生火，咱他娘的烤個香噴噴的豬頭，嘖！今晚的盧老大家裡窖藏的好酒，還怕他不一罈一罈的搬出來。

2

我，伍子胥也真是英雄氣短了，竟然和一干市井遊俠兒猜拳飲酒，狂歌叫囂喧鬧終宵。

避難吳地已久，從未像今夜般放浪形骸！大口喝酒，大塊吃肉，在那一刻，我是把一切都拋開了，胸臆鬱結的悲怨稍有紓解，更何況結交得專諸這般奇俠，誠乃一大快事！

大澤草莽之間，原多奇技異能之士，聚宴之際，吳宮衛士三人，仗劍闖入目無餘子，專諸以一敵三，兵刃未出袖口，舉手投足間連斷三人頸項衣領銅扣！武藝之精深為我伍子胥生平僅見，更難得其未持技而驕，敬酒讓座，給足了吳宮衛士顏面，專諸胸襟氣度與智計，在場碌碌庸子是沒人看得透他了。

而我伍子胥，落拓吳市吹簫人，除了專諸，又有誰能識我？

吳國與楚接壤而得天險之利，魚米豐饒兵強馬壯，且早有取楚之心。當初離楚之際，面對包圍的兵將舊屬，傲然指陳平王的不仁不義！誓殺昏君，夷滅楚國，以雪深仇，再憑藉單劍匹馬衝出血路，吳國，正是我伍子胥所投之處。楚平王行書繪影昭告全國，欲捉拿我伍子胥，而一夜鏖戰，馳騁數百里，我與傳書驛卒同抵昭關！

殺伐的疲倦，父兄血海深仇，以及強渡昭關時境遇之極惡奇險，怨憤憂心，一夜之間焚白鬚髮！長身美髯，三十及壯拜為楚國上將軍的伍子胥，到如今，世人唯知吳市吹簫老叟！

初至吳地，我曾以絕楚之計，上書進言當今吳王僚，才知吳王僚竟是個十足的傖夫，雖居君位而無君材，藉天險保有吳地尚無大礙，出兵伐楚將注定滅亡！國君那兩個胞弟，蓋餘、燭庸，橫暴愚昧亦是濁物，風雲際會坐擁重權，卻絕非廟堂干城之選！靠這兩人領兵，能滅楚嗎？楚平王雖也昏愚，仍有王叔屈原支撐大局，翼護楚國，蓋餘和燭庸，如何能當屈原一擊？

廷宴時，引我注意的卻是公子光，吳先王樊諸的長子。他外表雖沉默頹廢，我偏能窺其華貴雍容的君王氣象，甚至他傾聽我論述伐楚策略之際，眼中閃現的鋒芒，那應是豪雄霸主的睿智與銳氣，但，但他終究不是吳國君王。我拜別吳王僚那傖夫時，他仍然自顧斟酒狂飲，未置一言！宮廷權勢爭軋，我懂！嘆只嘆吳國未得明君，我伍子胥枉投吳地。

美人難堪遲暮，英雄不許白頭，莫非我已行至末路窮途？就此終老吳地，任血仇深埋！不！絕不！山若阻我，我拔刀裂石；水若阻我，我將抽鞭斷流。熟讀兵書韜略，自誇豪悍勇武，秦齊燕晉，何處不可投？我伍子胥遍走天下，必尋一明君雄主，率兵馬踩平楚地，擒平王為階下囚！

誰？吳地還有誰能助我成事？公子光智計深沉，是個人物，他日或將掌理吳國大事，但我豈能坐等時機而消磨一身傲骨！劍士專諸——也曾思想偕其潛回楚都，伺機刺殺平王，憑專諸劍藝或可得手，然則，伍子胥為堂堂名將，唯願生死疆場！為私仇效刺客行徑，吾不取也。

越王勾踐頗有賢名，伐楚之策，若未見納吳王僚，少則三月，多則半年，當離吳地，前往一試。

虎困平陽，潛龍離淵。呵！空有壯志難伸！方才池邊掬水澆熄酒紅，但見池中一叟，灰髮披垂，鬚眉盡雪，那樣一張憂心酸苦的落拓老臉，是我，是我嗎？

3

兒屈膝長跪，馨香未絕，父王英靈垂鑒，請聽兒臣光泣禱。

父王駕崩，未立儲君，援兄終弟即裔例，傳位王叔餘祭，餘祭亡繼之二叔夷昧，夷昧死，原該由三叔季札繼承，但季叔胸懷淡泊避不就位，大統應歸屬兒臣才合國室禮儀，然而諸臣媚諂夷叔，擁族弟僚登基。僚竊居君位，殘虐不仁，又為小人佞臣包圍，眼見吳室宗祚不保，兒臣光為先王宗嗣，不忍坐視，不忍坐視啊！父王！

季叔野鶴閒雲，自做逍遙王，偶有諫言垂訓，族弟僚表面唯唯諾諾，卻不入耳！兒臣見嫉，佯狂裝醉緬迷酒色，以釋其疑，僅止保留殘軀，更無力為吳宗祚挽狂瀾於欲傾，君權、軍權，滿朝文武，盡由僚及其胞弟蓋餘、燭庸三人掌握。父王，強楚毗鄰，越王勾踐眈眈虎視吳地，欲弭外患必先除內憂，唯有兒臣光取回族弟僚的宗祚正統，才能任用賢材，廣納豪傑猛士；才能民強國富，立我吳室千秋萬載基業。

父王，吳國君位重歸儲君正選的行動，箭已上弦，勢在必行，祈望父王英靈護佑，英靈護佑！

楚平王聽信佞臣讒言，畏懼伍家軍權，業已下令將世代為將的伍家滿門抄斬！並行文楚境捕殺唯一漏網者伍子胥，這伍子胥天賦神勇，又兼文才韜略名傳當世，如今出亡，淪落至本國為餬口而吹簫市集。時機未臻成熟，兒臣未敢延攬其入門，但以伍子胥怨鬱之深，亡楚之切，終將為我所用！兒臣已請至交好友專諸刻意結納，是的，專諸，這是兒臣以心以誠摯結交的濁世奇俠，他微露鋒芒，即為兒臣取得吳市眾遊俠之首，其中不乏忠肝義膽伺機而起的豪傑猛士，足可抵擋如狼似虎的吳宮鐵衛。

兒臣寄望最深的，就是專諸了。族弟僚未登王位之前，即為吳國第一勇士，一手斬馬刀法，吳宮侍衛武將，無人能出其右，尋常刺客，即使近身行刺亦未必得手，專諸劍技與之相較，孰優孰劣，兒臣難以揣測，成王敗寇，兒臣願以一身性命，為專諸搏上一搏！

月前楚平王薨，子懷王立，剛愎自用而少不更事，僚取伍子胥伐楚謀略，利用楚國舉喪的機會，密令燭庸與蓋餘發兵入楚。如今與楚平王族叔屈原相峙於潛城。兵圍楚城，吳國聲威震驚中原諸侯，僚志得意滿，七日後午時將在東郊祭神台告謝天地，賜宴群臣，並准平民觀禮。父王，兒臣已安排在席宴中舉事，刺僚以奪國器！

更深露寒，王孫夫差年方一十，猶在前廳背誦兵書。父王，兒臣仍長跪泣拜，哀吳宗室朝綱之不振，嘆無知稚子陷禍福未定之境遇，耿耿此心，唯盼人天共鑒垂憐！

4

請勿相瞞，夫君。

雁姬與君結褵半載，朝夕相處，確知夫君俠骨柔腸純情至孝，絕不會因雪貂毛皮可獲重利，而遠走關東，置寡母於不顧，一去經年之說，亦大違夫君本性！再者，若為經商營生，何須暗夜舉家搬遷至此荒遠山村？夫君，你這謊編得不甚高明。

雁姬只怕——只怕夫君言語辭色裡隱隱訣別之意！

夫君，雁姬幼遭孤露，才會拋頭露面彈唱吳市，淪落煙花的薄命女子，慣見炎涼世情，早有了面對困頓的勇氣，雁姬更非一般弱質可比。夫君，妾身斗膽猜上一猜：莫非你仗義懲惡，結了仇家，避禍來著？

而一去經年，一去經年——遊俠行事，一向快刀亂麻恩怨立決，你說須得離家一年半載，竟是明明白白的一句生死未卜了？

不，不會的！吳地遊俠兒感君高義，奉君敬君若神祇，半年來夫君足跡未出吳地，何來結仇之事？即便結仇，以君為遊俠之首，也應是仇家避禍才是，妾身錯了。

夫妻同心同命，且雁姬自視為君紅妝知己，枕畔殷殷相詢相問，夫君何忍拒絕！

夫君微鎖的眉結，叫妾身好生難過！咄咄逼君開口，當真是恃寵而驕了。若夫君去意已決，雁姬唯剩一事必得問君：生男，生女，以何為名？是！雁姬腹中已有三月身孕！

去吧！侍奉婆婆，養育骨肉，雁姬答應夫君，必不負所託，我不過問夫君欲將何往，亦不問夫君所行何事，唯願夫君為寡母，為妻兒骨肉，善保此身。

村居幾日，井臼操作之餘，慣看竹籬茅舍野草黃花，夫君，這般素雅無爭的尋常生活，雁姬喜歡！夫君雖也謙沖淡泊，不為富貴所拘，但夫君朝夕練劍，蕭蕭劍氣摧花落木，大有爭戰殺伐血氣，雁姬總覺夫君一劍在手，即判若兩人！是神亦如魔！雁姬願祈上蒼，叫君早日放下寶劍，滅卻心魔。就這處山村，專諸和雁姬從此隱姓埋名，攜手並肩踏遍煙霞，直叫如雲青鬢欺霜染雪……

夫君！你睡了嗎？請擁抱雁姬，請溫柔帶領雁姬進入甜美夢鄉，不准放手。不，夫君。雁姬沒有傷心，眼中酸乏淚水，是我睏了。睡吧，明晨夫君猶有遠行，睡了吧！

5

這個時代，真是一個人才出頭的時代。

人才分出文武兩途，文人以謀略而成為王室權貴的軍師智囊，武人以勇力和技藝而成刺客死士。文人若有經天緯地之才，布衣立成卿相！武人一劍一刃，卻只能為主子做侍衛，替主子剷除異己，手起刀落，血流五步！然而，武人最後的下場，流的總是自己的鮮血，沒有例外！

我是學文不成，轉而習武，落此下場還不算差。胸口劍創結疤後以衣服蓋住，丟了鋼刀，拿起柴斧，從此一心一意當個山野村夫，以多年吳宮侍衛俸祿所積，過個不愁吃喝的下半輩子，想來不成問題。

自一場驚天動地的廝殺中倖保性命，讓我再次覺悟，瓦罐不離井口破，將軍難免陣上亡！一個武人如我，倚仗刀劍逞強鬥勝，終將喪命殘身於刀鋒劍芒之下。

或許，我體認和恐懼最深的應是天外有天，人外有人！吳宮百名護衛裡，我列名十大鐵衛，一把九環鋼刀，重達三十六斤，二十年苦練，在東郊祭神台上，竟遠不敵專諸手中輕飄飄的尺八短劍！

一個庖人雙手高舉銀盤，盤中黃河三尺巨鯉異香撲鼻中隱帶殺機，專諸！沒有人認得出他就是專諸！那把藏入魚腹，寬才兩指精芒四射的短劍乍現廷宴，未及三合，斷吳王僚斬馬刀！在眾侍衛瞠目震驚的一剎那，將吳王僚洞首穿胸！

「是專諸！吳市遊俠之首。」侍衛中有人低喊，而我已隨著蜂擁齊上的侍衛撲至專諸身前。甫一照面，我只見那專諸俊秀的臉龐上，一雙毒蛇般冰冷無情的眼睛，亮若寒星！九環刀尚未遞出，眼前一花，但覺胸際一道冷電割裂甲衣切開肌膚！專諸的臉貼在我耳邊呼出熱氣，我聽得他沉雷般一聲低喝：「去！」一股巨力，把我旋著推跌丈外！

暈眩過後，我勉強睜眼一線，祭神台上台下已成混戰場面，許多暴民齊聲高喊專諸，撲上台來和侍宴鐵衛廝殺。圍堵截殺的侍衛如潮，而帶頭的專諸一把短劍分波裂浪，寒光過處，便是殘肢斷臂！那一剎那，一剎那，專諸彷彿來自幽冥鬼域的魔神，渾身發散著悍厲陰森的氣韻，直叫人心膽欲裂！

我掙扎著站起來，想起方才生死一線，只覺渾身的膽氣和力氣都已隨著胸際創口的血，一起流失！我一步步後退，一路丟盔棄甲，混入倉皇走避的人群。遠遠的，我聽公子光在混亂中振臂高呼捉拿刺客，並且指揮吳宮禁軍驅散暴民，護送滿朝文武官員回宮。

這是一種很詭異的感覺！一個鎮日招妓尋歡，貪杯嗜飲的浮華世子，在群龍無首的情況下，一聲喝斥，竟大有王者氣象！

伴隨著那樣詭異的感覺，便是我突生警兆，一種危機如芒在背！我只想離開，離開這個我不確定動盪或穩定的圈子。

不當吳宮侍衛，自然收斂起以往的狂妄習氣，這才發覺，爭殺熱烈的亂世心情，只帝王將相家！眼前山村，竟也是我從未注意過的質樸拙重！我早睡睡得著，早起起得來，養傷期間，老妻兒女和鄰人的面目，也不再是畏縮怕事，而是素樸無爭。

偶爾，撫著胸前逐漸收口的傷痕，我會挺荒謬的浮上一個念頭：虧了那專諸，這一劍砍得真——好！

6

專諸在豬頭阿三家裡療傷！

盧秀老大和駱鬍子，以及一些有頭有臉的遊俠兒全躲了個不見蹤跡，這報訊的事才輪得著我胡麻子！老胡我是塊什麼料，自個兒可清楚得很，為專諸這等大人物大俠客跑腿，就說跑折了腿吧，我心裡也只一千個一萬個甘願。

東郊祭神台的一場熱鬧，我沒錯過——當然是看熱鬧，可我也沒忘記吆喝！吳宮侍衛的爺們踢過我，打過我，吆喝吆喝也算出口氣。誰知道我身旁那個豬頭三，兇神惡煞般掏出來明晃晃的屠刀就衝上台去，我一把沒拉住他，倒是他自己又下來了，這下子可唬得我兩腿發軟！他屠刀不見了，身上多出來幾道血淋淋的口子。腿軟是軟了點，可不知那時候哪來的氣力，扛著他就跑，直跑回阿三他小胡同的瓦房子。

豬頭阿三平常嘴巴硬，愛吹大氣，臨了事還真是好漢子，幫他敷藥裹傷，只管咬牙皺眉，吭都沒聽他吭一聲！等到專諸推門進來，才真正叫我見識了什麼是「英雄」！

血人似的專諸，肩背腿臂少說十幾道翻捲的口子，我光是瞧一眼就差點昏了過去！可人家還站得直，走得穩。他走過來看了看阿三的傷口，拍了拍阿三肩膀，然後自個去脫衣清洗傷口，就像洗個澡似的，人是肉做的哪，不害疼嗎？

英雄，這樣的英雄，打死我老胡，我還是做不來！

新君即位，舉國同慶，刺殺吳王僚的事不會再追究，專諸是這麼說的。我沒敢問他幹嘛冒這麼個大險，殺掉一個暴君，誰曉得下一個會不會又是暴君！當初宮裡募軍時，我胡麻皮原想掙口糧吃，卻叫那兵爺給轟了出來！打那時候起，國家大事管他娘！市場裡打混，掃泥地清水溝，伺候我這老餓著的肚皮老爺，就夠我忙啦！

說不上穿州過府，但走了這半日光景，百把里路總有，新買的這驢兒毛皮油滑水亮，腳程健，脾氣又好，坐在高頭驢上，我老胡幾曾如此威風過？臨出門，專諸塞了把碎銀子給我，說是當盤纏，路上花用，乖乖，秤秤足足十兩有餘，足夠平常人家半年的糧哪！才兩天路程，哪用得著許多。買了頭健驢，剩下的留著做點小買賣，馱貨拉磨，正正經經幹些活兒，從此我老胡人前人後脊樑骨可挺得直了。

要通知的可是艷冠吳市的雁姬這娘們——呸，呸！專夫人，是專諸夫人。往常在吳市見了雁姬，跟在後頭雞毛子亂喊亂叫的嘴巴得全封起來才行。

專諸刺僚，公子光繼任為吳王闔閭，拜伍子胥為上將軍，這幾件大事名聞天下，卻不知傳到雁姬的小村沒有？

打明兒見了面，專諸夫人當然不認得我這潑皮無賴，我要怎麼個把專諸現在的情況正正經經說得明白？而且還須說得不叫專諸夫人擔驚受怕才行。

慢慢琢磨著吧，還有明兒一整天的路程呢！我老胡別的不行，只這嘴皮子上的功夫，未必輸了專諸刺僚的那把魚腸劍。

我說小黑驢，你別管悶著頭走路，你說我這話可不是大有道理？

易水寒

0

荊軻，本慶氏，齊大夫慶封之後。

慶封奔吳，家於朱方，楚討殺慶封，其族人遷衛，為衛人，以劍術說衛元君，元君不能用。及秦拔魏東地，併濮陽為東郡，軻復奔燕，改氏為荊，人呼荊卿。性嗜酒，有燕人高漸離者，善擊筑，與軻交稱莫逆，嗜豪飲於燕市中，酒酣，漸離擊筑，荊軻和而歌之。

燕趙悲歌，每多慷慨激昂之士，荊軻入秦，圖窮匕現，雖說功敗垂成，卻是春秋戰國末期史冊上，最燦亮的一頁。

1

初秋，向晚微風已帶三分蕭索。

易水之東，燕京城郊。荊軻藍衫儒巾，腰懸長劍，獨自走入芒草荒徑，沙洲上蘆芒飛雪，點點歸鴉低空掠過，唯一抹斜陽，遠在天涯。

一座亂石小山崗橫阻眼前，他步履沉穩，行向崗頂，像往常一樣佇立良久，冷看殘陽隱沒燕京薊城的宮牆城堞；看雪茫茫的蘆絮逐轉灰暗。小山崗上風急了些，波動著長衫下襬，彷彿他一直起伏未定的心情。

「亂世飄零身世，如雲隨風罷了！」荊軻總是如此自我解嘲，甚至任由形骸放逐沉淪醉鄉，只在酒後，他偶爾會想想自己，想自己身如寄萍，莫非從此隨波浮流，不再掙扎？

自懂人事以來，記憶裡，就和族叔伯們一起讀書習劍，也一起為避兵災烽煙而顛沛流離。諸侯爭雄，中原板蕩，苦的正是天下蒼生！慶氏一族，百年來，就如同一般塗炭生靈，讓綿延戰禍消磨銳氣，若還有堅持，該是身體裡仍流動著勇武不屈的豪俠血液。

然而真是倦了，累了！弱冠時昂揚血氣和而立之年的胸襟氣度，及壯只留眉間眼底沉深的冷漠。兵書韜略滿腹，何用？明君賢主未逢未遇。劍技武藝一身何用？世間亂臣賊子多如牛毛，焉能斬盡殺絕？這世界已然如此，唯醉鄉，堪行！

四野蒼茫，燕京城廓在視線裡黯淡，風起時暮雲湧動，這孤城恰似大海危帆。曾經中原七大雄主的燕國，登高一呼，聯趙合魏，以樂毅為將軍，連下齊國七十二城，而忠臣良相見嫉，樂毅出亡趙國。齊雖僅剩莒州和即墨兩城，卻為田單火牛破陣，一敗塗地！這些輝煌的日子已遠，中原諸侯長年互相爭伐，唯西戎強秦兵威正盛，王翦、李信、蒙恬等大將用兵如神，鐵甲過處所向披靡！弱燕！是的，荊軻已清楚察覺，他或者必須再一次面對亡國子民的命運。

燕鄰趙國，原來唇齒相依，如今，秦將王翦舉兵伐趙，趙北方名將李牧，駐守灰泉山，堅壁阻拒王翦大軍。卻因佞臣郭開進讒，被削兵權，遭受了大將軍廉頗同樣的結局，趙國連失兩名干城大將，秦兵長驅直入，兵圍趙城邯鄲！不日城破國亡！

屏障一毀，燕國必受烽煙波及！

荊軻眉頭微鎖，幽然嘆息。暮色漸深，燕城已剩風中淡影，城側臨易水而建的一座小樓，此刻亮起燈光，距離遠了些，那燈光依稀明滅，說不盡的蒼涼。那是樊館！荊軻知道，秦驍將樊於期傳檄討伐秦王嬴政，指陳文信侯呂不韋穢亂宮廷。率三城之兵獨抗秦王大軍，檄文遍傳中原，雖則兵敗出亡，卻無損樊將軍驍勇之名。燕太子丹曾為燕國人質，被囚咸陽城，仇秦之心日復一日，樊於期奔燕，太子丹甘冒強秦大不諱，收留樊於期，並築樊館安置，待為上賓。

然而，猛虎賁將，心情如何？

月，自易水流泅波光中緩緩上昇時，荊軻目光漸若寒星，閃動著淒冷幽深的微光。功名浮雲，富貴糞土，但看諸多名將良相下場，習取驚人藝，賣與帝王家，成為笑話！荊軻拔劍在手，劍訣一領，舞起劍來。

一團縱橫劍光，慢慢盪下小山崗，荊軻舞至酣時，冷峻堅凝的臉上有汗光淋漓。他霍地吐氣開聲，衝入芒草叢中，劍光過處枝葉芒花分波裂浪，暗嗚喝叱不斷，綿延鬱窒如天際沉雷……

荊軻並不知道，一個虬髯濃眉的魁偉大漢，悄悄的正站在他方才凝立的小山崗頂，看著他舒發鬱鬱不平的胸中豪氣。

大漢眼中，除了多一份惺惺相惜之意，神韻態勢便和荊軻一般無二，一股掩也掩不住，深深深深的疲倦！

2

太子宮中大宴賓客，入門處招賢榜上已添三人名字，夏扶、宋意、秦武陽，皆是燕趙知名勇士。其中尤以秦舞陽虎背熊腰，力大無窮，最稱勇猛，兩只百斤石鎖舞弄手中，輕若無物，一干食客謀士杯觥交錯之間，觀看秦舞陽獻藝，無不豎起大拇指，嘖嘖稱奇。

燕太子丹長身玉立，面白無鬚，坐在首席含笑看著歡宴群眾，俊俏的臉上呈現難得歡容。他旁邊坐著老太傅鞠武，灰髮長鬚一派斯文。

太子丹轉頭朝太傅鞠武舉杯道：「太傅觀舞陽之技如何？可稱得上萬人敵？」

鞠武面有憂色道：「太子收留樊將軍，貼榜文招募勇士，圖謀秦王之心昭然若揭！秦乃虎狼之國，既使無隙，猶將生事，以燕十數萬甲兵而抗百萬強秦，如投毛入爐，後果堪慮。」

太子丹秀眉微結，說道：「丹知弱燕不足以抗強秦，然王翦兵圍趙都邯鄲，一俟破趙，不日將渡易水，太傅何計可退秦兵？」

鞠武道：「為今之計，速速西約三晉，南連齊楚，北結匈奴，重議合縱，或可阻西戎兵威，樊將軍——」

太子丹截口道：「丹困咸陽之際，樊將軍仗義放行，丹才得生出函谷關。如今將軍窮困來歸，丹豈能以強秦之慮而棄之不顧，此事休提。秦軍進逼中原，迅急如電，重議蘇相國合縱之策，曠日費時，已嫌太遲。」

太傅鞠武嘆道：「蘇秦揹六國相印，遊說六國君侯聯盟，合縱之計始終難成，皆因六國領主各懷私心。強秦坐大，中原再無一國可相拒！臣愚魯，苦無萬全之策止秦兇焰。」頓了頓又說道：「臣知一人，智計深沉，且多識草莽異人，太子若欲圖秦，或可就教此人。」

太子丹揚眉道：「誰？燕京有此奇人，宮中招賢大門常開，何不來投？」

鞠武慌忙搖頭說道：「不，不，田光田老師歸隱市井，早無名利之心，但臣知其能，一向執弟子禮，察其猶有耿耿忠心。」

燕太子丹矍然道：「還等什麼？備馬，請太傅為丹引見。」

一輛馬車，三名勇士全身披掛護衛，在賓客猶高呼暢飲之際，離開太子宮。

秦師攻趙城，戰雲密布西天，燕京已聞狼煙氣息，田光中宵未寢，掩卷走入庭園，頗覺宵禁後燕市街道的淒冷。田光鬚髮盡白形容枯槁，持杖傴行恍若風中殘燭，忽聞扣門聲，卻是燕太子丹夤夜來訪。

延客入廳，田光顫巍巍正欲拜見，燕太子丹已避席堅請田光上座，納頭拜敬跪拂其蓆。含悲泣道：「強秦壓境，弱須臾覆亡，聞先生智勇齊備，能奮奇策以救燕民之禍乎？」

田光撫鬚，微嘆：「公子折節重客，燕市老幼皆知，果其然也。臣有一策可行，但需一沉靜勇猛之士方能成事，太子門下之客，可用者何人？」

燕太子丹招夏扶、宋意、秦舞陽拜見田光，田光一一垂詢，問其技藝姓名後說道：「太子門下三人，威猛形諸筋骨顏面，或可為士卒而蕩決疆場，非臣策可用。臣所知有一人荊軻，喜怒不形智勇兼備，乃真正之奇士。」

太子丹道：「丹未曾結交荊軻，望先生成全。」

田光道：「荊軻家貧，臣每給其酒資，觀其痛飲，他從不言謝。但臣識其人，只待我一言，斷無不允之理。」

秦舞陽等三人出廳堂巡逡，室內鞠武、田光和太子丹低語交談謀定計策。嗟嘆、擊案，一燈如豆，三人焦慮苦思，但求戢止西戎狂瀾，漫淹中原！不覺月落西山曉星漸沉。

3

天邊一線曙光，正是微微透亮。

北門市集，摸黑論斤估兩的人眾眉目漸清晰可見，等到天色大白時分，早市卻近尾聲。市場內，一直跳躍在人聲喧嘩中的叮咚弦音，此刻愈見靈動。每個欲待離去的商家行客，總忍不住駐足屏息，側耳傾聽。

一個粗壯黝黑的小夥子，瞇眼含笑環視眾人。他左手捧筑，右手拈竹尺，竹尺顫動敲擊，弦音恍若急濤拍岸波波湧湧，又似狂風摧木葉落蕭蕭，突地竹尺劃弦而過，弦韻戛然而止！風平浪靜！

早市人眾，雖已熟悉這一聲急止的尾韻，卻也總要等到此刻才能舒口長氣，才有力氣邁得動腳步，各自散去。

這是高漸離早上練筑的時辰。他滿意的看著被筑音吸入泥淖的人眾脫困而出，也饒富趣味的瞧著腳下那瓦罐底薄薄一層青錢，升斗小民，肯聽筑而投下幾文，也算難得。

知音，燕京唯一知音就屬荊軻一人了。

「許久不曾和荊軻開懷暢飲，近些時日略有所獲，少叫幾樣菜，也盡夠一醉了。」高漸離一邊收拾，一邊愉快的計量著。

同一時刻，秦舞陽正怒發如雷，到處詢問荊軻何許人也！等到查知荊軻近午時分總會到燕市酒樓淺酌時，他邀了夏扶、宋意兩人，持械外出太子宮。一路上三人都是同樣的心思：「叫那糟老頭如此瞧不起，倒要見識見識荊軻有何過人之處。」

三張獰惡面孔，殺氣騰騰的往鬧市而來。早有好事閒人跟在後頭呼喊助威，秦舞陽等存心要在群眾前折辱荊軻，一顯燕京勇士威風，也不禁止眾人跟隨。

田光用過早膳，因年老體衰，不堪熬夜，打了好大一個盹，直到近午時分才醒來。醒來之後馬上吩咐備妥馬車，要到燕市相尋荊軻。與太子丹一夜計策，深知事關重大，且必有大智大勇之人，甘履奇險，願拋捨性命！田光上馬車之前，突然覺得有些不妥。

草莽布衣奇俠，一向笑傲江湖煙雲，多的是獨善其身，也未必願受官家籠絡。況且荊軻原是衛人，焉知他肯為燕國赴湯蹈火？若他略有遲疑，田光一張老臉，卻何處擺放？

燕太子丹睡得更晚。數月來秦軍攻趙，漫天狼煙硝火總在他闔眼時化作夢魘尋來。幾度中宵醒來冷汗淋漓！

他在夢中重覆秦渡易水，燕國子民呼號奔突的景象，也夢見滿朝文武君臣成為秦宮階下死囚！直到昨晚和田光定策後，所有懸浮的情緒終於塵埃落定。他還有許多事要做，但最迫切的，就是先好好的睡一覺。

鞠武本不忍叫醒太子丹。他眼看著太子丹自秦都咸陽回來後，日漸消瘦！更為弱燕國祚之存亡續斷，眉結未嘗舒解，難得有一場好覺。但門下食客來報，謂秦舞陽等三人私自攜械外出，尋人爭鬪，這人卻是荊軻！舞陽自恃悍勇，脾性暴烈，平常只服太子差遣，昨夜之策，荊軻乃是最後一步活棋，燕國千秋國祚，莫要讓這三個莽夫給斷送了才好。

燕太子丹奔馬出宮之時，白花花的陽光正懸在頭頂。鞠武快步追出宮門，只聽得急驟的馬蹄，敲響長街青石，漸行漸遠，終至渺不可聞。

收回視線，鞠武發現門前掉落太子丹一隻寢鞋，孤零零的正擱淺在階梯上。

4

樊館右側大興土木，一個月後，一座雅緻小樓門楣掛上橫匾，燙金雕深「荊館」二字。

車騎美女，好酒佳肴，燕太子丹傾力置備妥當。荊軻換下藍布粗服，著絲袍錦帶，搬入荊館。太子丹並率鞠武、秦舞陽等日日造門請安。高漸離依然入肆擊筑，不改本色，偶爾赤足入荊館，與荊軻豪飲高歌，只不再為酒資等小事傷神罷了。

也唯有高漸離的筑聲在酒後響起，才見荊軻臉上冰封的冷漠逐漸消融。引吭高歌時那酒紅在頰邊眼底簇簇燃燒，弦韻曲調彷彿並翼翔飛的蒼鷹，輾轉盤旋，直上九天風雲。然後，風吹雪意，雲聚沉雷，蒼鷹慢慢低飛，低飛，飛入人間化為一雙落拓英雄口中的暗嗚低吟！

侍宴的姬妾過來斟酒，眼中淚光瑩然。英雄懷抱她們或許不懂，但眼前一錦袍，一粗服的男子，悲愴如許深沉，她們只想將眼前男子圈擁入懷，以最溫柔、最深情的胸膛，給那雙鷹隼般寒冷的眼睛，闔眼歇息取暖。

高漸離踏月色踉蹌自去，荊軻伏案而睡，滿桌杯盤狼藉，侍女、庖廚悄無聲息站立廳堂。只一會兒，荊軻乍然清醒，揮手叫眾人退去，獨自登樓。幾級階梯走過，原來幾分蹣跚的腳步，又變得堅定無比！然後他聽到身後細碎的足聲追趕上來，直到迴廊間，荊軻回頭。

一個怯生生的侍女，讓荊軻眼光一逼，遠遠停了下來。她手中捧著純白狐裘，垂首弓身，低聲說道：「公子，風寒露重，請添衣。」

荊軻取過狐裘，卻見這年輕女子皙白粉臉上滿是淚痕，微一遲疑，問道：「姑娘何事哭泣？」

侍女淚拋更急，哽咽答道：「奴婢受命服侍公子，公子從不叫奴婢侍浴侍寢，亦未見公子一展歡顏，奴婢心中難過。」

荊軻微喟：「傻女孩，這哪值得傷心？下去吧，明兒我讓太子遣爾等歸來，尋個好夫婿嫁了，不用服侍我。」

侍女睜大眼睛，滿面惶急說道：「公子，奴婢賣身王宮。公子若不願奴婢，奴婢唯有一死——」

荊軻望著眼前少女，知道亂世之中，像這般清秀絕美的貧家女，難免墮落勾欄煙花的結局。被選入王宮為侍，可保一家免受飢寒，幸得王孫貴介寵愛，即可飛上高枝。這些，他都不能給，此生棄絕情愛，也因自知一介漂泊武夫，翼護不了一段兒女情長。然而這少女，他荊軻至少能叫燕太子丹給她一筆財富，讓她一生衣食無憂，只要燕太子丹知道，這少女——是他荊軻的女人。

或者，這將是他此生唯一的柔情。荊軻扶起少女，放軟聲音：「告訴我，妳的名字。」

侍女受寵若驚，待聽得荊軻詢問姓名，突然紅霞撲面輕聲道：「奴婢小雀。」

荊軻柔聲含笑：「小雀，荊軻還有事情需得思慮清楚，妳先去我房裡歇著，幫我暖被。」

小雀羞喜不勝，顫聲說道：「奴婢遵命。」

迴廊上，荊軻吹滅亭柱油燈，月光如蓮，婉約潔淨，照上荊軻臉龐時卻彷彿灑下一層嚴霜。西風漸厲，寒意透衣如水，荊軻仰頭望月，胸中熱血逐漸沸騰。

那一日，在大街酒肆裡與漸離飲酒，太子宮中門客無禮挑釁，劍未出鞘，舉手投足間折服荐夫秦舞陽三人。田光、太子丹趕到，慨然允諾田老師之邀，密室得聞謀秦奇策。

策中先獻督亢兩城，再取秦將樊於期之首，入咸陽面陳秦王，伺機擊殺秦王嬴政，彼大將手握重兵，各不相下，君亡則國亂。然後聯合楚魏，共立韓趙之後，並立破秦。入虎穴，擒虎子，成或不成，皆得將性命拋棄！行刺者抱必死之心，入不測之強秦，須得大勇與大智，世間碌碌庸子，田老師只舉荊軻以薦燕太子丹。荊軻但知心已死，留此未死之身，以酬田光知己之情和太子丹禮遇之恩。

半生鬱鬱，猶未嘗稍停讀書擊劍，恰似虎藏山林，龍潛深淵，期待的正是此刻的際會風雲。專諸、聶政、豫讓，一介布衣，以其生命所迸射的光芒，輝映丹青，身軀雖灰飛煙滅，聲名不朽！

「更何況狙殺一西戎霸主，換來中原千萬生靈免於刀兵。」荊軻想起專諸魚腹藏劍，擊殺吳王僚的傳聞，不覺冷冷一笑。幾日來漫天困惑疑雲，豁然開朗道：「以燕使身分朝見嬴政於秦宮，必是身無利器，手無寸鐵，縱是引得嬴政察看督亢地圖，亦難空手擒殺。若尋一鋒利匕首，淬以奇毒，密藏於輿圖卷軸中，伺機取來行事，或有可為。」

狙擊之計已定，荊軻眉結舒展，仔仔細細的將如何展圖，取刃的情節反覆推演，然後慢慢走下迴廊，轉入寢房。

他沒忘記，一張清靈無垢的淚靨，小雀，他吩咐她今夜侍寢。無論如何，他明晨必須和這女子同出寢房，以眾侍之口，入燕太子之耳。

寢房虛掩，萬籟靜寂，荊軻無聲無息走到床榻之前。小雀鼻息細細，眉眼朦朧，繾綣沉睡如嬰，荊軻凝視良久，一種如父如兄的情懷激盪胸臆。慶氏族人四散飄零，他塵封已久的骨血濃情，讓小雀悄然引發，那是超越慾情的信任、善良和愛。

他慢慢走出寢房。到廳堂搬來一張椅子，守在門口，拉著狐裘閉眼歇息。耳裡聽得迴廊外秋風翻動枝葉，寒蟬聲聲低吟，逐漸逐漸沉入浩瀚夢海。

5

趙王嘉修國書致燕太子丹，請出兵上谷，共拒秦軍。秦王亦遣使入見燕王，謂秦燕兩國，互相通好，保證不起干戈，此正是張儀連橫之策。田光知，燕太子丹知，荊軻亦知。秦使另致秦王旨意，謂以黃金千鎰，明珠百顆，換取秦將樊於期首級！

荊軻入秦，機會終於自己尋來！

燕太子丹宅心仁厚，且與樊將軍交誼深厚，思之再三，終是不忍！田光偕荊軻往見樊於期，盡述謀秦之策，並求借人頭以成事！樊於期色喜大呼道：「荊壯士日日練劍，我觀之久矣，有此奇技正可成事。於期視秦王如巨仇，恨不能與之俱滅！豈惜此項上人頭。」大笑聲中拔劍刎頸，歡容栩栩如生。

太子丹厚殮其屍，涕泣呼號，聞者莫不鼻酸！於期首級以黃綾錦盒包裹，並取督亢兩城輿圖，以獻秦王。謂燕國永為秦臣，以奉先人宗廟，上卿荊軻將為燕使，入秦宮一行。太子丹並命人取出一匣，匣中盈尺短刃一把，隱泛藍光。太子丹雙手捧匣以呈荊軻，道：「如卿所言，丹千金訪得徐夫人匕首一支，鋒利無匹，匕尖已淬奇毒，曾試人畜，但見血絲縷，無不立斃！」

荊軻持刃，以指扣彈，刃葉嗡然顫鳴！果是百煉精鋼。燕太子丹又道：「荊卿尚缺何物？丹無不從命。」

荊軻道：「荊館有一女侍小雀，秀外慧中，與荊軻結為兄妹，其女楚楚憐人，荊軻入秦，盼太子善視此女。」

太子丹道：「荊卿義妹，亦丹之姊妹，必不負君託。」

荊軻振衣而起，朗聲說道：「士但為知己者死！太子待荊軻厚之極矣！請速備入秦車馬，荊軻已候多時。」

6

蕭蕭秋風，斷零芒花急飛似雪，淡淡寒波，孤飛鴻雁啼悲欲落。暗雲四合，天地蕭索，秋已深。

易水畔，出秦燕使荊軻，副使秦舞陽等皆著錦鏽華服，乘高頭駿馬，送行賓客隨行馬後，衣冠盡雪，一行隊伍沉肅無言。

河畔搭起棚台，特別宴已然備妥，魚貫入席。燕太子丹揖讓荊軻坐上首，田光、鞠武敬陪末座，太子丹引卮酒一盞，屈一膝跪進荊軻道：「荊卿入秦，為燕宗廟國祚奔波，前途險阻，未卜生死，請受丹一拜。」

荊軻取酒，盡飲，扶太子丹就座，低語道：「行非常事，須非常人，太子自制，勿露跡絲以入秦王之耳。」太子丹矍然一驚，含悲止淚。

田光、鞠武亦來敬酒，強顏說歡，荊軻酒到杯乾，神色不動，侍宴歌伎筵前奏起喜樂，笙簧絲竹嬝嬝餘韻，散入冷厲西風中。

忽一人揹豬肩酒，大呼小叫闖入席宴，卻是高漸離。荊軻起身相迎，謂太子丹：「漸離佯狂蕩拓，亦奇人也，擊筑之技天下無雙。」

漸離直趨案前，大笑道：「聞荊兄將有遠行，傾瓦罐之資，買酒買肉相送知音。一餐飽食，我可要餓幾天肚子了。」荊軻莞爾，道：「竹尺擊弦，酒有肉也有，漸離逍遙人也。」

撤案上龍肝鳳翅，以巨盤盛炙豬，荊軻拔劍割食，提甕就唇飲酒數升。燕太子丹延漸離入座，酒過數巡，漸離意興耑飛道：「且止絲竹，為君擊筑，壯君行色。」

筑音取變徵之聲，其音厲烈寒涼，如朔風飛雪。荊軻和而長吟：「風蕭蕭兮易水寒，壯士一去兮不復還。」筑聲再變為羽調，激昂雄壯，荊軻嗔目高歌：「探虎穴兮入蛟宮，仰天噓氣兮成白虹。」歌罷，取過酒甕，滿斟一盞，引頸一飲而盡。

宴席上燕太子丹等諸人，心情隨筑音而轉，先則淒涼欽泣，彷彿獨攀雪嶺冰崖，俯觀白茫茫的千山萬壑，形單影孤，寂寞至深。繼而奮起雄心，奔馳疆場，盡誅仇敵於漫天風沙中。直到荊軻倒酒暢飲，賓客隨從齊齊起身，舉盞拍案，互道凱旋歸來。

滿堂熱切喧吵聲中，筑音再轉柔細堅韌，牽引盛宴酒醒後的心情走入河水倒映的林間。依依弱柳，垂枝糾纏衣襟！筑音更柔，那垂柳更似情人的手，稚子的手，皤皤白髮爹娘的手，遊子覓封侯，把袖頻問歸期，聲聲叮嚀哽咽凝噎……

筑音細至極處，柔腸千轉欲斷未斷，漸離竹尺急劃筑弦，聲如裂帛。遊子割袍斷袖，上馬揮鞭絕塵而去，不回頭！

眾人如夢初醒，荊軻、秦舞陽等已失蹤影。燕太子丹率眾離席，追出棚台。易水蜿蜒，秋風蘆芒，揚塵處，一行車馬。

太子丹回頭相尋高漸離不見，只案上一筑，其弦俱斷。

7

凋楓落盡，雪掩枯林，路和歲月一般漫長。

千里世途，一一走遍。荊軻抵秦都咸陽城，已是暮春三月，草長鶯飛，蝶舞花開，入秦燕使更換羅衣，徜徉秦都街巷市集。唯荊軻深居簡出，神色愈冷。

其時六國使臣往來不絕，或議或和，皆關乎疆場生死殺伐！荊軻等在咸陽館驛一住半月，竟未蒙召見。遂以千金賄秦中庶子蒙嘉，蒙嘉入朝面奏秦王道：「燕王懼怖大王神威，不敢出兵助趙，已斬逆將樊於期之首及獻督亢兩城，求取兩國不動干戈。燕遣上卿荊軻攜燕王函封入秦，請大王召見。」

秦王嬴政聞樊於期已誅，大喜，令蒙嘉傳旨，秦宮將以朝服九賓之禮，恭迎燕使。

夜在最深的時候，荊軻悄然起身，取匣中淬毒匕首，夾藏於督亢輿圖尾軸處，當雙手捧圖展開，匕首即以略微傾斜的角度，滑入右袖中。

若引秦王嬴政俯觀輿圖，即可挾持秦王，令其歸還中原所掠之地，或撲殺之！在這時機稍縱即逝的剎那間，必須秦舞陽在一旁翼護，不讓滿朝文武干擾行事。

或者，該讓舞陽預知明朝重任，舞陽勇悍獰惡，當是一大臂助。

叫醒秦舞陽，細述入宮後，將效曹沬脅持齊桓公索歸城池之細節，舞陽挺胸瞪眼，凜然允諾道：「明日隨你行事，雖百死亦無所懼。」言罷倒頭又睡，隨即鼾聲如雷。

荊軻回房，了無睡意。館驛寂然無聲，獨對案頭一燈飄搖，他突然強烈想起小雀、漸離、田光等人，一張張鮮活的容顏笑貌，交相疊現，命運早已註定相知相惜的情意，終歸寂滅！

「明日之事，只不知命運將眷顧我或唾棄我？」荊軻微嘆自思：「盡心吧！生死等閒，便是盡心罷了。」

8

竟是難料，嬴政聲如豺狼，其矯健毒惡亦如豺狼。

尤其他得意狂笑時，更似悲狼夜哭，刺人心鼓耳膜。秦王宮廷內，文相武將附和著嬴政的笑聲，滙集成嘲弄的浪濤，荊軻只覺自己恍若大海巨浪中孤單惶惑的小舟，飄浮、痛心，和即將沒頂的不甘！

左股已斷，十指俱落，一雙手臂劍創縱橫，深可見骨。荊軻掙扎著倚柱而坐，鮮血和氣力即將流失殆盡，強睜疲倦的眼，忍住徹骨銷魂的劇痛，他必須想一想，想一想。他還看得見秦王嬴政左側銅柱，那把危顫抖動的淬毒匕首，他也還記得，他傾盡全身氣力，對準嬴政豺狼般陰森的臉龐，拋出匕首，這一擲，去勢如電光石火！嬴政如何逃過？

身軀重創巨痛，慢慢變得遙遠，像一場噩夢初醒，幾分混亂的思緒，卻漸清明。荊軻終於能夠明白，天意！原來暴秦氣勢未盡，天意已決，而他是憑藉著凡人不屈之志，昂然逆天了！

荊軻微微搖頭，無法追回的場景，一一重現。

秦宮九賓之禮以迎燕使，文官朝服，武官盔甲鐵衣，秦王高踞金階之上，階下雁翅般執戈武士一聲「燕使到」的巨喝，竟讓秦舞陽膽落心驚，顫慄不能止！秦廷威儀，隱有天子皇朝之威，卻不是舞陽之草莽悍勇所能抗衡。

為免失禮儀，舞陽被執戈武士阻於階下，跪捧督亢輿圖候傳。荊軻神色如常，獨上金階，獻樊於期頭顱，趁秦王嬴政滿心歡欣時提議獻圖，嬴政審視於期人頭，滿面猙獰，隨口答道：「拿上來。」

拿上來！樊於期刎頸，燕國生死存亡，中原動盪，止息波濤與否，等待的就是這句話。按田光謀秦奇策，荊軻將取圖直逼嬴政身前，文武百官侍衛等，將會因秦王的一句

「拿上來」而遲疑著是否該喝止！只要這極短時間的遲疑，以荊軻武技，嬴政必入掌握。

荊軻下階，取過舞陽手中輿圖，一面展卷，一面朝秦王案前走去，突聽得階下執戈武士喝斥之聲。荊軻眼角一瞥，見舞陽臉色刷白，已按捺不住神搖魂落的感覺，起身搶奪武士手中兵刃以壯膽。文武百官尚瞠目震驚時，嬴政卻霍然自椅中站起，兩眼幽光大盛！三步，荊軻圖窮匕現，不再顧忌，持刃飛撲若豹，三步之遙，荊軻僅僅割斷秦王一截袍袖。秦王撞倒金屏風，繞著銅柱閃躲奔逃，荊軻連斬七名前來攔阻的帶刀侍衛，淬毒匕首一點藍芒，始終不離秦王左右。

嬴政雖慌不亂，一邊盤旋繞柱，一邊欲拔腰間寶劍還擊，劍長八尺，急切間拔之不出。內侍趙高大叫：「大王，揹劍，揹劍即出。」侍醫夏無且適時以藥箱拋擊，荊軻揮臂格擋，藥箱粉碎瓶罐盡裂！秦王劍已出鞘！

一劍在手，嬴政不再躲閃，荊軻才知秦王劍技精深狠毒，八尺巨劍鋒利無比，非盈尺匕首能敵，只能捨命一搏。賣個破綻，在劍鋒切入左腿的瞬間，匕首脫手飛擲！

以一肢換一擲，嬴政扭頸轉頭急閃！匕首劃耳而過，沒入銅柱，只斷幾莖鬢髮！旋動，飄落。

功敗垂成！荊軻隨手遮擋嬴政瘋狂劈斬，絕望的回頭看著秦舞陽被簇湧擁的武士擊殺階下！然後，耳際便是秦王如嗥似泣的厲笑！

思緒終於戛然斷絕，秦宮內的喧囂聲息，漸渺若輕波，晃晃盪盪的將荊軻一縷魂魄送回易水畔，而易水，好冷，好冷！荊軻面容慢慢淡漠，唇角卻泛起一朵微笑。

一朵冷凝淒寒的微笑。

夢回浣紗溪

「春喜！春喜！喜兒呀……」

小丫頭瘋到哪去了？叫了這許久沒個應聲，愈來愈懶！洗面水呢？在……倒錯怪了她，那盆兒不明擺在菱花銅鏡旁嗎？

好長一段時間，不知怎的總恍惚憶起舊事。原只是深更夜裡才依稀尋來片段，剛剛午寐，卻如此清楚又看見，夫差長笑若泣，橫劍刎頸前那雙悍厲深情交纏的眼睛，我在醒與夢間掙扎，只覺得滿心滿懷的淒冷哀傷。昨夜三更，起風時小樓飛簷懸掛的琉璃珠串叮叮碎響，輕細空靈。我在夢中回到靈巖山館娃宮，穿起木屐，婀娜走上楠木鋪疊的響屧廊。廊外練湖水氣氤氳，吳王夫差含笑倚欄，側頭凝聽我輕盈悅耳的足音，他獷莽的臉孔映著紅燭柔光，愛憐疼惜的神采，動人無比。醒來耳裡滿是風鈴脆亮聲息，推窗，太湖煙波浩蕩，一勾冷月無聲！怔立良久，竟不知身在何處！再往前，日日夜夜，只要一闔眼，苧蘿山下若耶溪畔的浣紗少女，倜儻俊雅的范蠡大夫，英雄蓋世的伍子胥，甚至忍辱含羞的越王勾踐，巧言令色的太宰伯嚭！一個個人物場景走馬燈般重現。一夢乍醒，匆匆已過十數載，吳越兩國幾度興與亡！

「遁隱太湖畔，在這棟深宅院落裡，轉瞬間，也是十年，十年了。」

落盡繁華後，只贏得浮生若夢之嘆！這些日來，胸口老是隱泛酸楚，懨懨捧心，倚遍小樓闌干。喜兒跟前跟後，說笑解悶。十六、七歲的丫頭，像羽毛新艷的百靈，饒舌婉囀，一派歡暢啁啾，又怎解美人遲暮的沉深巨痛？

她卻是心腸好。那日晨起，懶對菱花鏡，喜兒替我梳頭時偷偷扯了幾根白髮下來，怕惹我難過，捻了捻攏藏入袖。我如何不知道？不說破她，雖是感她好意，何嘗不是自己不敢面對年華流逝的一種驚心！施夷光曾經吳王宮中艷冠群芳，絕世容光默默淡淡的也教褪了顏色！

「大夫人……您醒了？」

「喜兒，正待說妳幾句呢，妳就闖進來了，方才去了哪裡？」

「我看夫人睡沉了，想起老爺子許久沒回來，抽空到前堂探探消息，誰知膳房那夥臭男人嘴碎，拉住我說個沒完沒了！」

「二夫人那兒呢？老爺可有捎書回來？」

「菊兒噘著嘴說啦！說二夫人也正怨著哪！兩個月沒音訊，老爺也真是的……」

「春喜……」

喜兒，不怪妳背後說老爺的話，二夫人勤儉持家，總理大宅事務，雖是偏房，和老爺也育有二子，菊兒疼惜二夫人辛苦，我也不來怪她。可是，喜兒，妳們都不了解老爺，不知道他的身世來歷！你們只會怪他已是太湖鉅富，仍舊舟船往返，為利輕別離，是不是？

這是我和老爺誓言此生任其煙沉的祕密！范蠡相公捨卻勾踐一字並肩王的封賞，偕我西施悄然泛舟五湖，他隱姓埋名，自稱鴟夷子。如今他以治國權謀之才，轉而競逐商場，竟是無往不利，這是他生命裡另一場戰爭，依然勝利。可他為什麼不軟軟的想想我西施呢？當初掛冠求去，我與他散髮扁舟濯足煙波，何等逍遙！他憐惜相加，我努力忘卻夫差十數年來的榮寵，報之以婉轉歡顏，那些個午夜繾綣之餘，永誓不分的痴語，他都不再記取嗎？是他膩了溫柔滋味？還是我西施漸漸的，漸漸的春盡花落玉破香殘，再難羈留他的疼愛嗎？

「夫人，日要暗了，可要掌個燈來？」

「不忙！喜兒，可扯開那窗簾，殘陽晚雲胭脂留醉，雖說短促，卻是最美時候。妳瞧著，我把故事再說下去，上回我說到哪兒？」

「謝謝夫人！等苦喜兒了！還道夫人忘了呢！上回說到吳王夫差寵愛西施，替她建了一座館娃宮……夫差好可憐，竟然不知那個美人心如蛇蠍要來害他。」

「春喜！那西施只是越國上大夫范蠡的一枚棋子，埋伏在吳王身側，消磨他壯志用的！妳聽我說，兩國相爭，爭的是百萬軍甲兵士的生死，一個弱女子，只冤枉蒙了傾國之名，她的心事，誰來理會？」

喜兒，上回妳也怪過范蠡狠心腸，把自己心愛的女子送給虎狼般的吳王夫差。而吳王對西施用情一深，妳倒可憐起他來了。小丫頭忒也多情！情如刀，最斷人腸！妳又怎麼能懂？就如同我娓娓說那吳越舊事，妳只當那英雄美人的傳奇來聽，妳太年輕了！中原群雄逐鹿，刀兵四起，離妳太遙遠。太湖僻處南越，妳的生命只在這座深宅大院中，滿足而無憂！喜兒，我竟是不忍向妳說破，要妳日日幫忙梳　的這個大夫人，就是妳口中的蛇蠍美人，西施啊！

「若有人像吳王夫差這般對我好，叫我為他死了都甘心，夫人，妳說那個西施後來有沒真愛上夫差？」

「館娃宮中笙歌箏唱，日遊夜宴，十數年來吳王寵幸未衰，妳說呢？苧蘿西村寒門貧女的西施會不會感動？喜兒，我來問妳，若有貴胄公子，量珠聘妳，疼妳惜妳之心不變，妳愛是不愛？」

「夫人取笑了，喜兒從不敢這般妄想！夫人對我好，情願一生一世服侍夫人。」

「傻丫頭！我真留妳不嫁，卻要招妳怨了！」

「夫人……」

范蠡送我西施入吳，忍痛絕裾而去，只當從此身化劫灰，任虎狼膏吻！伴君數年後，枕著夫差鋼鐵般的胳臂，我夜夜傾聽他寬闊胸膛裡溫柔起伏的呼息，宛轉迎合他恣意索求的軀體，那時候，我曾想起若耶溪畔初遇范蠡的情愫，黛眉新描的初愛，遠若絕嶺煙嵐！盛妝紅顏的吳宮寵妃，已漸習慣夜裡日間赴那夫差深情愛慾的邀宴，享那塵世繁華極致的幸福。喜兒，妳問我愛不愛夫差？愛不愛呢？那正是多年來我一直苦苦追索的迷惑！到如今，我只找到一個答案——不知道！

伍子胥忠肝義膽拚死力諫，要驅我出吳宮，伯嚭收了文種大夫賄賂的珍珠玉玩，進讒言陷害忠良，牽引君王耽於逸樂，荒怠朝政！我眼睜睜看著范蠡復國奇謀逐漸實現，一步步逼我枕畔沉睡如嬰的豪雄趨向亡國之禍。我心痛如絞，顰眉撫胸的幾次要把真相和盤托出！只求我一生長伴君王。那時候，我多麼希望，不要亭台樓閣，不要羽衣宮扇，也不要肩負家國社稷興亡！夫差和西施僅是尋常百姓家的……一對夫妻。

喜兒，喜兒！誰來告訴我，這是不是愛？

會稽一戰，越王勾踐入宮為奴，臥薪嘗膽，十數年後親率越軍圍困姑蘇城。城破之日，夫差登樓看著遍地烽煙烈焰，按劍長嘆！他吩咐左右侍兒翼護我，說我西施但憑絕世姿顏，可保性命無憂！他夫差絕不甘心受辱越王，決定一死以謝吳國宗廟。自誇英雄豪傑的他，虎目薄氳淚花，那是對末路窮途的悽愴；對輕忽忠臣諫言的追悔，而我，我為何如此明白，他不肯宣諸於口的心碎，是……他捨不下我！

「喜兒，若不是侍女宮娥死命扯住西施，待得范蠡大夫倉皇尋來時，西施早作墜樓人，以死相殉夫差恩義了。」

「夫人，我知錯了，原來西施也是多情女子，我不該罵她！」

「越王滅吳之後，行文州府盛讚西施和范蠡為復國首功，並且親口將西施婚配給了范蠡。就在舉國歡騰名士佳人大團圓的狂喜中，范蠡卻帶著西施悄然離去，從此不知所蹤。喜兒，故事結束了。」

「哎喲！要我是西施，才不肯走呢！有那榮華富貴不享，多可惜呀。很好聽，夫人，下回夫人再說個故事給喜兒聽。」

「傻丫頭，若你能說出西施和范蠡後來如何了，過得好不好？我才肯再說另一個故事。」

「那還用說嗎？夫人，當然是神仙眷侶，一生一世的快活。」

多麼想問問妳，喜兒，妳細心的藏起我一撮白髮時的心裡怎麼想？這個寂然獨處深宅後院，倚樓望斷太湖煙波的大夫人，她快不快樂？妳說我顰眉凝思的樣子好看，卻在說這話時哽咽了嗓音，抽抽噎噎的說妳不知怎的看著看著就是想哭！喜兒！

妳自是不懂，那就是寂寞！只有人世繁華遍嘗過後，捨卻紅塵，孑然行向斷崖高寺的僧才懂；只有愛過恨過淚過，心已成灰後滄桑的眼眸，才尋得來寂寞的蹤跡！喜兒，妳不會懂的。

「喜兒，起風了，晚霞已褪了艷色，妳還看什麼呢？該掌燈來了吧？」

「哦？喜兒該死！故事給聽迷糊了，我這就去！」

大聖東遊記

1

話說齊天大聖孫悟空自護持唐僧西行取經，途中百靈下界諸多阻撓，孫大聖一路搬乖弄巧斂妖降魔，終能天災圓滿親謁我佛如來，佛祖加陛大職正果，封他一個鬪戰勝佛的法號，大聖復歸天宮，重返齊天大聖府。

這趟放洋回來，入了西方極樂世界的佛籍，從此釋道兩教皆吃得開，大聖府門楣鍍金，光彩自生！且不說那九曜星君、五方神將、四大天王等齊來道賀，大聖也自欣欣然把西天路上山高水闊處，說得風起雲湧波狂浪急，惹得眾仙心癢難熬，直說：「福氣、福氣。仙居無事，就難得大聖這般熱鬧。」大聖合掌遜謝：「阿彌陀佛！原是老孫該當此劫，稍贖當年擾鬧天宮之罪衍，汝等不宜妄動凡心，善哉！」一面有莊容，實則心喜。

眾仙散去之後，從此心猿歸正，六賊無蹤，蟠桃園邊齊天府旁，大聖鎮日督促一班力士，運水修桃，把個瑤池王母手培親栽的蟠桃林，照應得夭夭灼灼花盈樹，顆顆粒粒果壓枝，看了著實歡喜，連那偷桃自喫的勾當也不做了。

有話即長，無話即短。大聖在天宮忽忽已過了數年，凡間歲月按干支記日，這一年算來恰逢靈猴當值，說猴論猴之聲直衝霄漢。也是合該有事，這日大聖午寐乍醒，心血忽來潮，無端端想起了花果山眾猴子猴孫。屈指算紋，竟得了個禍福相倚吉兇難定的迷卦，愈思愈想則愈焦躁，由不得他大聖動了塵念，當下喚過來左右仔細，喻令不得怠忽桃林例行事項。叮嚀既畢，你看他整冠束裳，踄雲路，朝把門的天兵天將打聲招呼，東望大千世界，起祥光逕出南天門。

觔斗雲何等快捷，不一刻早到了記憶裡南贍部州地界。但見那中華古國赤氛妖雲遮天蔽日，竟無淨土可容祥光縱落！大聖圈轉雲頭，來到東洋大海。東勝神州傲來國旁，孤懸汪洋中的花果山遙遙入目，大聖急睜火眼金睛，看本家出處的這山——可這山怎麼瞧怎麼不對！丹崖怪石削壁奇峰都在，壽鹿仙狐靈禽玄鶴卻是一個不見。原來雜樹朽木充陳的前山，被調理得花團錦簇齊整分明，多個匠氣少了活氣。水濂洞附近也冒出來許多雅緻農舍，依山勢搭建得錯錯落落。入門處牌樓橫書草字：花果山觀光農場。殘陽懸掛在大海盡處，斜映出那幾個金漆大字，霞光閃閃。

大聖按下雲頭，落在平滑的瀝青路上，邊走邊尋。正納悶那跳樹攀枝的孩兒們全躲在哪兒？冷不防轉角處一團黑忽忽的物事，疾衝過來，缽大的眼奇光一閃，叭一聲大吼，險險撞個正著！唬得大聖急閃身，一斛斗翻到路旁，待回頭一瞧，竟是一輛無馬之車，四輪旋轉跑得飛快，下山而去。隱約還聽得車裡有女聲尖叫道：「哎喲！猴子！穿古裝的猴子……」

大聖心中有氣，卻也奇道：「除了哪吒那小娃的風火輪，倒不曾見過恁般快的輪兒！」天上一日，人間一年，西天取經事了之後，安心的做了幾年仙職，看來凡世的變化大不相同。這花果山顯然住的有人，觀那綠瓦紅牆，亭台樓榭，都一般端正牢靠，定是哪個皇親國戚在此闢山建室，逍遙快活，更不知何處尋來這無馬之車的寶貝代步，疾勝奔馬！

他一邊心裡盤算，兩隻眼也不閒著，專往那枝濃葉密處滴溜亂找，偶爾朝那曲谷幽澗呼喝：「孩兒們！大聖來也。」老大一會兒，渾不見一隻猴兒出來朝拜。急得大聖三尸神咋，七竅生煙。忍不住跺跺腳，大聲唸句「唵」字咒語，拘出來當坊土地本處山神齊來聽令。

山神毛手裡還抓了半片酥香滴油的烤雞，急忙忙丟了！土地穿金戴銀，富富泰泰的老員外模樣。兩人並肩躬身，朝大聖喝個肥喏：「不知大聖駕臨，有失遠迎，恕罪！大聖不在天宮樂享清福，今日何事下凡來？」

大聖豎掌回禮，幾分佛子的溫文祥和，那口氣卻不挺相配：「咄！老頭，快快道來，我那一山猴孫都到哪兒去了？」這一問，土地嗯嗯唔唔只顧扯著白鬍子，山神抹抹油嘴，倒豎的濃眉也搭垂下來，兩人相覷竟無言語！好大聖從耳朵裡掏出來金箍棒，迎風晃了晃七尺有餘，伸手扯住土地嶄亮亮的新袍子，喝道：「兀那土地！大聖面前焉敢賣弄玄虛，趁早從實說來，免得老孫動棍！」

慌得山神土地齊地彎腰打拱告罪，山神口拙，推著搡著直要土地開口，土地無奈，站前一步，作揖說道：「大聖恕罪，大聖息怒，且聽小神慢慢道來。花果山水濂洞原是仙家福地，大聖孩兒們自在此山攀花摘果悠遊歲月，怎知千年來，東洋大海傲來國居民人丁興旺，逐日逐月渡海拓荒過來，栽木撿土堆磚砌屋，造出了許多農舍，每家每戶自備強弓火砲保護墾植作物，逢那猴兒頑皮，採他幾隻玉米棒子耍耍，就舉火馭犬上山尋仇，搭網設阱生擒活捉的弄走了大半，其餘精乖的孩兒由馬流二元帥、奔芭二將軍統領散入深山蠻瘴處，捱那苦日子，連那水濂洞也自捨了……」土地伶牙俐齒，這番話說得順溜得體，不覺得意的撫了撫胸口被大聖扯皺了些紋褶的錦袍。

孰不知大聖眼尖，早瞧見了土地那肥軟指頭上金燦燦的戒子，五隻不少全戴上了，腰間褲頭還垂掛著許多金牌鍊子；再看看花果山山神，手滑嘴油紅光滿面，落腮鬍上滿沾醇香酒汁，不由得他大聖氣沖斗牛，嗔聲大怒道：「反了！反了！好歹你們也是個鬼仙，敘了神職。焉不知雲屬丹鳳鵰鵬，水有蛟龍鱗介，山乃麒麟狻猊之地，那陸上便准輪迴中人暫居暫住，各得其所互不干礙，怎的就敢強占我花果山水濂洞？定是你這遭瘟的老鬼，短命的毛神，受了人家諸般好處，夥同俗世凡夫一齊坑了我那千萬孩兒。沒得說，伸過孤拐來，先打三棒消氣！」

土地大驚，山神失色，撲地叩頭哀求。山神叫道：「受不起！大聖棍重，小神乃陰氣之所聚，但叫這仙兵神器略一挽著氣就散了！大聖饒命！」土地趕緊脫了戒子金鍊，急聲道：「大聖、大聖，暫息雷霆！容小神再稟。」

那土地公，又稱福德正神，除了掌管土地之外，也是各行百業祭拜的財神，舉凡山腳田邊，街口市中，村頭庄尾處處都有廟宇香火供奉，祭祀的人捧雞鴨素果孝敬不說，金牌戒鍊也是追問明牌財運流連後強戴硬掛上來的。算得上最是貼近了人心，知曉了世情，因而一番話下來，說得入情合理，大聖一時竟是無語以對！

土地說：「大聖久居天宮，凡塵俗事確實有所不知，那漢唐盛世早成歷史，千多年來中土神州迭經改朝換代，如今中華正統香火一線，端來傲來國的孤臣孽子維祀不絕。傲來國居民胼手胝足，近數十年間把個仙島經營成繁華富庶的極樂之鄉。俗謂樂極生悲，該島居民久處太平盛世，原本素淨人心漸讓物慾斲喪，倫理道德逐日敗壞，競名逐利的手段愈演愈烈，眼看著就要再入劫數了！大聖的花果山當初原被法定為自然生態保護區，禁獵禁建，偏有那權貴豪門鑽營蹈隙知法犯法，硬在水濂洞處闢出一個觀光休閒農場，還時常舉辦十字弓射擊活動，競狩賽獵，辦那猴腦大餐哩！可憐，我和山神老弟只能偷偷告知大聖兒孫，趁早逃躲，形勢如此，小神道行淺薄，無力抗衡，萬望大聖明察。」

大聖搔首撓腮好不焦躁，氣急了好一會兒才說：「然則律法既定禁獵，那些殘殺我孩兒的鳥人，就沒個官府問他拘他，好歹弄個梟首問斬之罪嗎？」

土地嘆氣答道：「大聖所言差矣！法律條文只合約束善良百姓，那些大爺可管不著。要罰款，他們有銀子，要拘留判刑，他們要訟師保釋權貴關說，前門捉將進去，後門恭送大駕，那也是有的。再者，捕鳥捉獸，遂不至問斬，看那每年飛過該島南端的伯勞和灰面鷲，入網踏阱枉死不少？若要一命賠一命，傲來國人便全打殺了。」

山神一旁跪得有些僵了，看看氣氛緩和許多，正悄悄聳肩扭腰舒鬆筋骨，抬頭忽見大聖金睛似火燒了過來，嚇得他一抖擻，急張口，那話就有些結巴了：「大……聖，人心世情……真是變了！」嚥下一口唾沫，話順了點又說：「大聖的結拜兄長牛魔王早下凡來，天蓬元帥八戒大師也常往返天上人間，他們可見慣了……」

山神正說著，半山腰咻然噴出一溜火光，直衝雲端，暮影蒼茫間，那陡地燃爆半空的萬點金花銀蕊，更見絢燦！大聖左手搭個遮蓬，睜火眼，只瞧得一團煙硝嬝嬝散入雲霧中，更無妖獸蛛絲跡影！大唐也有煙花旗火，可這煙火來得奇怪，宛若龍蛇蔓衍金鯉躍波，十分好看。大聖點頭躬身躍上山巔，撥雲仔細端詳，原來那後山山腰懸出一方平台，團坐一圈人影，中間一堆野火燒得老高，正是那煙花出處！山神土地捲起一陣陰風，氣喘吁吁追趕上來，土地大口喘氣喊道：「大聖，且莫驚疑！那是來度假的人，鬧著營火晚會罷了。」山神接口道：「真……的，一個月總有好幾回哩！」

大聖玲瓏心竅，早知道山神兩度嫌他見識未深，大驚小怪，究竟西天路上遭那狠妖惡怪和唐僧的緊箍咒，軟軟硬硬的磨出來許多好涵養，當下即鬆開臉皮，換過一副付和顏悅色，朝山神土地細問凡塵諸般異象遽變。土地山神受寵若驚，果然把那東土神州和傲來國遠近分合刀兵聚散的過程和結果，直說到金烏西墜玉兔東昇。正是：

山中半宵神仙語，人世已過千百秋。

畢竟不知大聖聽後如何？且看中回分解。

2 中回：逢八戒嗟嘆人倫　訪魔王怒責律法

話說花果山土地把那東土神州從大唐說起，直到一海相隔的極樂仙鄉國力、財力如何傲視宇內的鉅細靡遺，一一道出。山神也把傲來國人心畸變世情失序，仙佛魔齊聚海島的來龍去脈，說得詳盡。大聖聞知八戒正在該處享那血食供奉，號稱豬哥神，想起師兄弟西天路途斬妖伏怪的風光往事，便回嗔作喜。吩咐那土地山神深入蠻瘴後山，通知那些惶惶難安的可憐孩兒，不日當偕兄弟前來解其倒懸，隨即別了山神土地，逕投傲來國北方重鎮，人文行商薈集之地而來。

大聖何等精乖，深知入境須隨俗，你看他站在西門之町，搖身一變，便是個牛仔模樣，淺藍泛白的褲管袖口，磨幾道瀟灑的破口，肩背膝臀，貼幾塊摩登的補丁，雷公嘴變俏了，看看還有些尖，只那猴兒尾巴沒得藏，懸出褲腰頭，化作一串噹噹叮叮的銅飾。骨溜溜的眼睛頗見精神，人潮中這邊瞟來那邊瞪去，真是個神氣癟三仙家混混，引得路人盡皆側目。

這一處風光，大不同神仙洞府！果然是貪慾之島酒色之鄉。大聖牢記山神指點路徑，專朝曲深幽巷行，獨尋紅燈綠戶走。不一刻來到一處所在，眼前簷低巷窄，瀰漫一股綺媚淒異之氣，簷下迴廊燈火晃亮，一雙雙素白纖手頻頻招郎，絳紅艷唇微啟，反覆喊道：「入來坐啦！先生、帥哥，這邊小姊卡水啦！」大聖東邊門口瞧一眼，西邊客堂探頭看，左一間右一間搜尋過來，任憑那淫婦妖精牽裳扯袖貼胸揾腮，大聖只消略閃身，便自脫了胭脂陣！其中一些未動手腳拉客的，形容清麗兩眼呆滯，泥丸宮上一股冤氣盤旋，卻叫那酒色之鄉上暴戾之氣硬生生壓伏難伸。大聖細看一會，分明那胭脂妖精是些荳蔻未開的垂髫女娃，天真未泯，肉身早歷劫！

大聖瞧仔細了，胸臆怒火正待發作，陡見那烏煙瘴氣中落下一道霞光慶雲，投入妓家後院。大聖唸個隱身訣，三轉兩轉溜了進去。抬頭一看，香爐煙火氤氳，三牲鮮果滿桌，那供桌上頭坐的一神，長嘴腆肚兩扇招風大耳，身上天河水軍鎧甲未脫未換，正是天蓬元帥豬八戒，在那兒喜孜孜喫著果子哩。

大聖自不說破，弄個身法，附在那招風耳邊厲叱一聲：「悟能！你好大膽！敢擅離天宮，私下凡塵。」這一聲喝叱，便恰似晴天霹靂夜雨驚雷，唬得八戒一骨碌跌下了供桌，嘴裡一勁兒嘟噥著：「不得了！走了風也，走了風也！」

那大聖現出本相，笑嘻嘻站穩供桌道：「獃子！你且抬起頭，看誰來了？」

八戒急抬頭，齒此牙裂嘴的猢猻臉入眼，不由得他喜心翻倒地，一蹦腫爬跳起來又摔了個嘴啃泥，好不容易才牽往大聖衣袖直搖道：「師兄！師兄啊！多時不見，你可越發俊俏了！卻怎還不改舊把戲，才見面就捉弄我老豬，這會兒腦門還撞得有些生疼哩！」

師兄弟見面，難免說些別來無恙的體己話，可惱那妓院裡淫聲穢語，哼哼唧唧盡是雲雨之聲。大聖招手跳上雲端，八戒趕上，扯幾個軟絮雲頭坐了下來。大聖開口道：「夯貨，你不在天河操兵，偏往這等汙穢之地鑽營何來？」

八戒道：「師兄，天河水軍演練了千百年，再沒個齊天大聖來鬧鬧天宮，有啥好耍？這傲來國乃極樂之鄉，釋儒道耶回五教仙佛諸天神聖，哪個不受些香火？師兄的大聖府少說也有好幾處，只你不曾下凡罷了！那青樓妓家情意殷殷，供我為豬哥神，好教天下豬哥，色中餓鬼等上門來買賣，好聽須不好聽些，可日日有瓜有果受用，強勝那大廟冷清，一年沒得幾塊糕餅塞嘴得好。」

大聖喝道：「住口！受用憑你受用，便不須管些事嗎？那些十三、四歲的小女娃皮肉受痛，泥丸宮冤氣衝鼻，你就不曾聞些辛酸味嗎？」

八戒叫起了撞天屈來，道：「師兄，你錯怪老豬也。雛妓由來，盡多無知父母狠心推入火坑！只為利字當頭。有那善心慈腸的婦女聯盟出面營救，老豬明裡暗中也出了幾回力，奈何，人倫汙染久積惡習，好不容易救了出去幾個，一回頭又賣進來許多。父母不慈，子女不孝，造就出多少浪蕩女娃，紛紛躍入一本萬利的這個行業。說要分清濁，比解那盤絲洞的漫天蛛網還難！合該傲來國亂象漸萌妖孽叢生，氣數然也，非老豬能回天！」

大聖氣沖斗牛道：「可恨！說什麼氣數，全是無知凡人自家造孽，惹得老孫性發，管教那奸邪妄佞之輩，金箍棒下齊化齏泥！」正說間，大聖俯身望向雲下熠熠生輝的海島夜景，眼聚神光，瞧了一會，果見那高樓巨廈裡，燈輝影燦處，許多衣冠齊整的禽妖獸魔山精樹怪，接踵橫行，專做那偷搶拐騙欺哄狡詐等勾當，忠奸賢愚捱肩搭背，混雜相處。儘管渾身毫毛全變作齊天大聖，恐也撿挑不清何者該殺何者能饒！大聖瞧獃了！不禁嘆口氣道：「八戒！便教老孫使盡鬧天宮的手段，果然扯不清矣！這可如何是好？」

八戒拍掌笑道：「師兄，當年取經，瞧你一路賣弄精神，好道這回可喪氣了！莫要急，莫要慌，東土神州自那三皇治世、五帝定倫以來，中華大國的命脈就剩這海島還維繫一線道統，沒那麼說斷就斷！妖氛雖重，尚有那道德之士堅持清流，不昧真靈。但教尋回善根，去了惡性，自然海清河晏一片祥平……」

大聖截口道：「虧你天上人間兩頭跑，果真長了見識！這話大有道理。」

那獃子一得意又漏了嘴道：「正是，南海菩薩說這話時，老豬也直點頭哩！」

大聖笑罵道：「原來是觀音菩薩說的，難為你這夯貨好記性，說得清。噫！久未朝拜菩薩，你我且南海走一遭如何？」

八戒道：「且莫忙著，凡塵裡還有你那老牛哥哥，先找他耍耍去。」

卻說那牛魔王自從在火焰山偕妻鐵扇公主阻那唐僧一行四眾，惹來天界神佛下凡斂魔，叫哪吒太子在他頸項掛個火輪兒，鼻孔裡穿根縛妖索，終於死心塌地皈依佛地。奉佛旨意，帶領他一夥牛子牛孫，替蒼生庶民拖犁鋤耕田地的幹那莊稼事，千百年來貢獻非小，怎奈人心不古全無感恩之意。牛家子孫終老田畝筋衰力疲之後，頻遭那割肉剔骨的鼎鑊之災！大力王怨氣難忍，趁如來開壇講經時掙脫韁繩，直投南贍部洲中華大國而來，招魔聚獸興風作浪，待得東土神州沉淪，更追索中華道統來到傲來國，一心趕盡殺絕。兩隻鐵角往來牴觸，把個蓬島仙島衝撞成刀光劍影的暴戾之島。

更得那離恨天興率宮太上老君座下青牛助陣，一起下凡各組黑幫，一南一北串作一氣，號稱「替天行道盟」。那千萬妖魔徒眾，有在鄉在野的，聚眾喧吵耍棍弄槍；有在城中都會的，壓榨商家強收規費。上焉者，當上議員民代，公然斂財枉法，咆哮議堂；下焉者，成了槍擊要犯，終日擕槍拒捕，喋血江湖。舉凡市場車站戲園法院等皆有牛族躋身其中，專做那敗壞規矩顛倒秩序之事。這兩魔王呼風喚雨，攪動海島一向承平的治安民風，只害得那善良百姓人人自危，道德君子膽戰心驚！

八戒乃色情行業供奉，和黑道掛勾本屬平常，兩人也算朝過幾次面，留些香火情。你看他八戒一副老吃老做的識途馬，泥著大聖，硬要尋那牛魔敘舊。是夜三更三點，八戒帶頭前行，大聖駕雲相隨，循海島中央山脈稜線一路南下。東邊巖岸縱谷，燈火稀疏，好山好水自在靜夜裡滌塵濯垢。西岸平原阡陌，秧苗蔗田一派生機，多幾簇亮閃閃的不夜城，燒烘著海岸邊緣。正是那六街三市燈火喧，萬戶千門人煙靜！八戒抖擻精神沿途指點風光，不一時早到了島南舟楫風帆之港，看不盡艨艟巨艦齊齊拋錨，觀不完玲瓏輕帆紛紛解纜。

八戒指定一條近海夜街，按落雲頭，人叢裡搖身一變，八戒變作那黑胖壯漢敞胸闊步往前走，大聖秤鉈也似的一個精溜小子隨後行。兩人左顧右盼！好夜街，果然是奇玩巧物擺滿地，任挑任撿，佳餚珍饈塞整櫥，可煎可炸，四時瓜果八節糕點，應有盡有。正看著，只見那前頭行客奔逃躲閃呼叫，人牆裡衝出一夥橫眉豎目的煞星，兩陣對仗，持那棍棒刀斧胡飛亂舞的廝打。那手腳起處全無章法，卻是個個鼻青眼腫頭破血流。

大聖朝八戒使個眼色，排開人群撞入陣中！直似那猛虎入羊群，飛鷹闖雁陣。一頓拳腳，把那一夥當街滋事的毛人全掃到路旁哼唧著爬不起身。其中一個跌了狗吃屎，恨恨支起半身，伸手入懷，掏出一件物事，朝大聖一比，砰一聲冒出一溜火花！大聖急切閃時已略遲了些，只覺得胳臂一熱一痛，早焦黑了大片毫毛。大聖好生心疼，只道這渾身銅皮鐵骨，天神雷火燒過，老君丹爐煉過，再無一物可傷其分毫，那人間短銃火槍因何犀利至此！

八戒聞聲回頭，急蹤步劈手奪過那火槍，順勢一腳把那開槍的小子掃入陰溝裡，罵道：「你作死了！大街鬧市，動什麼黑星紅星！不怕給牛老大惹麻煩？」一旁圍觀的閒人商家中有人洪聲接口道：「孫兄弟，老豬，久違了！」但見一人排眾而出，魁偉威猛腳沉步穩。西裝領帶上別著剔亮的鑽石，毛茸茸手臂圈著滿天星腕錶，卻不是那牛家魔王是誰？他大步行出，朝地上滾溜的嘍嘍啐一口：「幹你娘！辦無啥曉代誌，攏總甲恁爸返返去！」那些方才的兇神惡煞，此刻全變成一隻隻乖貓樣，噤口垂頭悄悄離去。

牛魔王重整歡容滿面堆笑，雙手攬住大聖八戒肩膀說道：「來，來，且借一步說話。」這一步路，借到了他名下一家輝煌無比的大酒樓內，牛魔王吩咐擺上一桌素筵。酒過三巡，牛魔王摒退一旁侍宴的嬌俏佳人，豪聲說道：「兄弟，天宮歲月寂寞得緊，且來老牛這兒顯顯威風，有你這精乖伶俐的美猴王相助，老牛就能不甩他一清專案的啥個掃黑行動了。」

大聖自被火槍燒了一片毫毛之後，一直像個鋸口葫蘆，不吭不響，心裡只是老大不痛快！強梁土霸，自古占山為王落草為寇，禍害究屬有限，如今牛魔王子弟散入鬧市街巷擾亂眾生，其患非小。且持有那般犀利火器，當街傷人，無視神佛天眼昭然，這老牛是如何調教的？想到恨處，不覺瞪眼拍桌！

八戒正低頭狠吃，只差點要將那豬樣吃出本相來，被大聖當桌擊掌，嚇得咯崩崩咬斷象牙筷！啐了幾口才埋怨道：「師兄，吃飯便吃飯吧！沒個來由生哪門子氣呢？」

大聖滿懷火熱肚腸，一腔慈悲心肝，沒個安放處，只道：「兀那牛魔，當真汝魔性難改，任那魔子魔孫橫行天下，欺凌仁人善士，無辜蒼生，氣死我也！」

牛魔王也是厲烈性情，聞言推桌而起，擲杯嗔目道：「潑猢猻，你聽我說，若道世人盡似唐僧，一心朝那善處想，老牛便不犯他秋毫半絲。怎奈卻不然！螻蟻眾生，原是佛祖憐他身小力薄，遣我子孫相助農事，求溫求飽之後卻是忘恩負義，將我子孫剮肉烹煮刻骨雕磨，全無憐恤之意。這等自家傷心事且不說它，就那才得溫飽便思淫慾的世態人心，也合該問個『斬』字！看那商家買小賣大偷斤減兩，我要他幾文花花如何？那好酒好色好賭之人，我全擺下場子讓他們折騰，豈不順心遂意？天作孽猶可說，自作孽不可活，我偏要借風使火，焚了燒了這干不成人子的混球！可恨那一清專案掃黑掃黃，專找我輩開刀，說什麼維護律法公權，匡正社會風氣，就沒哪個道德之士出來說說話，若果他們能夠善體天心自尋本性，從根源處辨個清濁，我自然帶領群魔各歸洞府，還他一個海內靖平……」

八戒在一旁幫腔，這時截口說道：「師兄，牛老大算是應劫而來，西天佛祖睜眼閉眼的不管。北島松聯幫青牛老哥也是如此，否則太上老君哪容他二度私出兜率宮？再說，今日凡間曆法行至猴年，偏偏勾引了師兄這猴王下了凡，恐怕是天數早定，要讓你知曉花果山森森林木被濫砍濫伐後，你那猴屬兒孫沒個棲身處的淒涼！天心、人心，都一般難憑難料，莫談莫談，且再喝兩杯解悶！」

大聖幾番斟酌，只不捨出身的本家鄉土漸蹈魔劫，偏憐他愚痴人心招禍惹殃！倒弄得渾身解數無從施展，縛手綁腳一猴寃！「悶殺我也！」大聖推椅矍然道：「且不消說了！待我南海朝聖面謁觀音，看他有啥說辭。再沒計較，西天扯出如來，定教尋個法兒，分個明明白白！」好大聖，說聲去，一路斛斗雲，無影無蹤，遂自去了。噫！這一去有分教，正是那：

千思萬慮迷猴王，一心一意謁觀音。
畢竟此去落伽山又生何事端，且聽下回分解。

3 下回：普陀崖觀音施正法　花果山大聖顯神通

且說，大聖惱惱悶悶，起在半空，心急雲快，哪消盞茶時分，早至南洋大海，望見落伽山不遠，低下雲頭，跳落普陀崖上。那廿四諸天與守山大神、木義行者齊聚潮音洞寶蓮台下，正聽著菩薩講經說法。瓔珞珠花琉璃香盞，點出那寶華千朵霞光萬道！獨不見散財童子和捧珠龍女隨侍蓮台，但顯得這夜課上得有些單薄零落！

那菩薩早知大聖來到，微一擺手，這大聖就端肅尊誠，斂衣整襟參拜，菩薩道：「悟空！蟠桃盛會不日宴開，桃林事務合該仔細，無端動甚凡心，恁地四處奔波？」

大聖聽得菩薩說出這話，知他曉得過去未來之事，慌忙禮拜道：「菩薩，乞恕弟子之罪！一向久居天庭，無暇朝謁聖顏，今宵特來請安。」

菩薩道：「這猴子又胡說了，分明有事，且說來聽。」

大聖卻不提正事，合掌道：「敢問菩薩，那散財紅孩兒和捧珠龍女哪裡去了？莫不成也下了凡也？」

菩薩道：「正是！我遣紅孩兒下凡，以三昧真火助長紅塵烈焰，燒烘焦躁人也，遣捧珠龍女散財布色惑魅貪痴黎民……」

大聖忍不住截口道：「好道是個救苦救難大慈大悲的菩薩，枉了虛名，枉了虛名也！怎好做那雪上加霜火中添炭之事，豈不苦了蒼生！」

菩薩道：「真金火中煉，霜雪寒梅香，不如此，怎逼得出亂世道德君子，分得清閻浮魍魎魑魅，但教雷災火劫應數，清昇濁浮不遺不漏！」

連那菩薩皆說出這般惡狠狠的話來，大聖心知天數已定，在劫難逃，不由得嗟然長嘆索無興味。菩薩見狀喝道：「那猴兒，你嘆氣甚麼？」

大聖道：「沒意思！菩薩還是普濟世人垂憫恤，遍觀法界現金蓮的菩薩，只這遭狠了心也。罷，罷！既如此，我且辭菩薩去。」

菩薩道：「你辭我何往？」

大聖答道：「我上西天雷音寺拜告如來，求靈山水來滌人心垢，免教諸天神佛全打殺了！」

菩薩罵道：「偏你猴兒好心腸，護著那蒼生黎民！且住，我叫你瞧一樣物事。」

菩薩淨瓶裡抽出楊柳枝，蘸了一點甘露，灑向將大聖頭頂，喝聲「開」！大聖剎時耳朵裡聽見那傲來國處，千宅萬戶齊唱梵唄，頻呼南無觀世音聖號，仔細再聽卻是平平板板無悲無喜！大聖滿心迷惑，耳裡聽得那菩薩說：「悟空，可曾聽那十方世界喚我聖號之音？」

大聖道：「聽了！可這聲音千萬處盡有，菩薩卻往哪裡尋聲救苦的好？」

菩薩微笑道：「便任憑何處！我帶你瞧瞧去！」

好菩薩！端坐蓮台，楊柳枝覆上悟空泥丸宮，喝聲起！運心三界，慧眼遙觀，施大法力，攜悟空真靈神識，霎時間遍遊傲來國土一遭。

那大聖恍恍然乍昏即醒，宛若親臨目睹般，諸多景象瞬時了然於胸，叫道：「菩薩，好神通也，斛斗雲雖快，卻沒這等省事，我見那聲音來處，口誦者少，那長長方方的黑盒子出聲得多，正不知是個什麼？」

菩薩啐道：「好沒見識的猴兒，此乃錄音機！佛名聖號，大乘小乘經文全由一條旋轉的帶子反覆吟誦，世人禮佛憊懶，觀此一斑庶可得全豹！再看那讀報翻書洗浴更衣，嗑瓜子道長短的人家，也任帶子在那兒呼喊，梵唄仙音汙染如斯，更遑論那生態人倫律法等，如此口舌兇場是非惡海，寧不教諸天神佛寒心袖手？」

大聖笑道：「菩薩好生量窄！終不成張口唱的才真好，將就些，肯用聽的也算有點道心，幾根佛骨，便叫次好的吧！」

菩薩也笑道：「好個刁嘴的潑猴，就如此了。天心渺渺佛法無邊，端看他們造化如何！你也不必西上靈鷲峰雷音寺求啥濯垢靈泉，方寸之地但尋本源，即是佛土！你且自施手段，去強度硬化些人來，也不枉擔了個鬪戰勝佛的名聲，去也！去也！」說畢，托淨瓶拈枝微笑，端的是七佛之師慈悲教主的莊嚴寶像，寶蓮台下眾神盡皆合掌叩拜，唱起梵音！

大聖聆旨，歡歡喜喜拜別菩薩，離了南海。你道他因何來時困惱，去時歡心？原來爾時觀世音菩薩，迺以廣大慈悲無邊正法，以心會意以意會身，恍惚惚偕大聖遍觀閻浮三界，將那歷劫紅塵的一線生機暗托心猿，這會，大聖正是耍手段顯威風去也！你看他起祥光控雲頭，剎時回到花果山界。趁著太陰耀目星宿沉眠，悄悄尋得花果後山猶自酣睡的落難孩兒，那馬流二元帥等急喚起眾猴，列隊俯首叩拜，口呼大聖：「想煞孩兒們也！」一番悲欣涕泣，自不在話下。半晌，大聖振臂而起道：「孩兒們！且慢落淚，看老孫耍手段，還來花果山水濂洞也！」

好大聖，你看他跺了跺腳，唸聲唵字咒，早拘來土地山神跪候聽令。大聖道：「山神土地，如此這般，汝等可盡出陰兵陰將，助我成事。」說畢，彎腰拾起一把土石木塊，縱起半空中，把手中物件朝東洋大海一丟，喝聲「疾」！仙家神通果真不凡，大聖更有移山倒海之能，只見東洋大海隨大聖手指處，分波裂浪浮起一座山，好山！古松盤翠蓋，老樹掛藤蘿，流泉噴珠濺玉，巔峰留月停雲，但細看時分明和那花果山一般無二，一旁忙壞了一干陰兵神只，急急忙忙將那休閒農場度假的人眾、車輛雜物等等，鋪不收被不疊的全攝往那泥土新雕的花果山。可憐那凡夫俗子只權當做了一場空夢哩！

大聖再使神通，朝巽地吸口長氣，吐將出去，剎時狂風推樹飛沙走石，那風捲起水霧，迴旋搓揉，直把原已汙染的花果山漂洗得枝清葉潤不染塵，雲白山青神仙府！待得風停，大聖更不閒著，捻個隱字訣，朝雲一指，那雲飛攏來護住仙山，不留一絲隙縫。朝水一指，那海水掀浪拍濤阻斷航路，但叫肉眼看去，只見一座奄無生氣的假花果山，正在東洋大海上土崩瓦解，終至消融成汪洋中一座釣魚台！真花果山卻已藏入水雲深處，虛無縹緲無處覓。正是：

莫道心猿手段高，許教人間留淨土。

大聖安置好花果仙山，不回天界，駕雲遍走三島十洲，訪那仙翁聖老，太乙金仙。他人情又大，人面也熟，當下請來了孚佑帝君文化真佛呂洞賓等八仙前來，教眾猴仁義禮智之數，參禪打坐之法，神農大帝頭角崢嶸赤手跣足也來幫忙五穀耕種等農事。八洞三清，五方五老也時來相看，花果山成了神仙小別府，慶雲彩霧常湧動，絃歌妙樂不曾斷！

再看那原是癲狂跳脫的猴兒，只因久近仙佛，從此知禮曉義，沐冠著裳，儼然人子。有具慧根者，得仙家指點修煉元嬰，待功成之日，大聖即化其喉中橫骨，蛻幻人形，不經輪迴，逕投傲來國積善道德人家。那嬰一靈不昧，便在人間勤讀詩書嫻熟禮儀，或為杏壇諄諄夫子，春風化雨教誨不倦；或為文壇翩翩才人，語多珠璣警俗醒世。有驍勇猴兒轉投紅塵者，即是忠肝義膽之輩，為將為相捍疆衛土，維護中華道統香火，日夜匪懈！不論文與武，但得塵緣既滿，便自脫了那皮囊，一縷真靈認清根源，駕返花果仙山再證大道。而傲來國多了這些神清骨秀的仙猴，臨世教化，蕩逸出軌的世情人心，慢慢，慢慢終能納入正途，此是後話不提。正所謂：

返璞歸真傲來國，尋根溯源花果山。
大聖東遊記，至此終。

輯 二

星座女子的情事

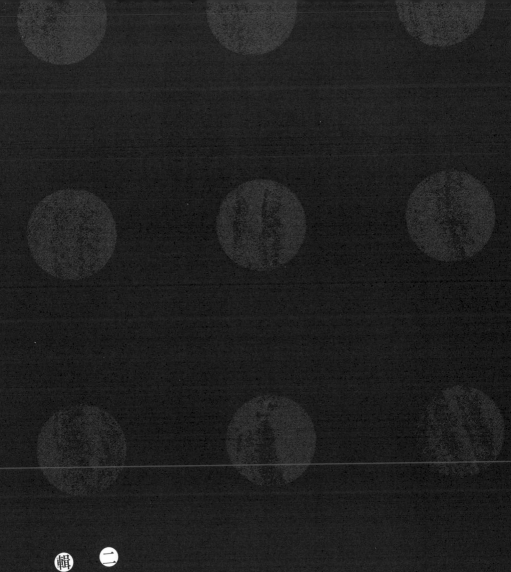

星座情事之處女篇

1：敘緣茶坊

那個男人說：「好吧！見個面聊聊也行。妳過來，我帶妳去敘緣茶坊，那是我平常寫稿的地方。」

放下電話，原本慵慵懶懶的情緒，突然亢奮起來！從客廳快步走向臥室時，妳已決定好穿衣櫃裡那套咖啡色鏤花洋裝。對鏡梳妝，雙眉淡掃，素白的臉頰粉底輕撲打亮，唇以口紅添些暖色。行了！妳滿意的看一眼鏡中明艷的臉，微笑出門。

這約會是自己求來的！妳想把一段真愛，說給這男人聽。

記住這男人的名字，是被他報紙副刊上的一篇文章感動過，一個散文作家，隨著工作到處漂泊，記錄他的審思見聞。那一篇文章，他敘說他在恆春半島工地宿舍裡，傾聽一個女同事的情愛故事，並且微微嘆息和感動。

介入人家家庭的第三者，只有被指責辱罵的命運，誰懂她們隱微辛酸？但這個漂泊的作家，也許胸襟真的特別寬闊，妳還記得他文章裡寫著：「我傾聽的時間多，泡茶的手勢多，縱或我有智慧如劍，未必真能斷人情緣牽扯。」

曾經釋放心靈肉體，放縱自己深飲豪醉的戀情，早已遠去，甜美記憶卻不捨放手！妳只想找到他，訴說「真愛」的感覺，更重要的，妳希望這個作家，可以把妳的故事也變成文章，讓妳藉由文字的永恆性，將那段戀情典藏一生。

那時候只是想，並未付諸行動，台南到恆春，距離太遙遠。再次在報紙上看到他的文章，才發現他因工程遷調，漂泊到妳身邊來！原來遠若天涯的人，此刻近在咫尺！妳忍不住尋找他的衝動，打查號台查詢他工地的電話，直接叫他接聽！像一個追逐偶像的小女生一樣，道盡仰慕請求見面。

哪曉得他會說：「先寫信怎麼樣？這份情愛果真刻骨銘心，妳一定留下日記之類的東西，一起寄過來。我很害羞。看妳的文字和跟妳見面，我選前者。」

這人文章細膩多情，講電話卻顯得開朗豪氣，幾句話後就像朋友！妳聽話的寫了一封信，把影印的幾篇日記一併寄出！留下電話號碼，委委屈屈的堅持：還是當面談的好。

接下來的一個禮拜，久未在生命情境出現過的等待心情，再次浮蕩心頭！瘋狂的念頭，唐突的行為，也許這人根本不想理會，也許，一個作家早已習慣使用委婉的口氣，堅定的拒絕某些讀者的騷擾。也或許，妳珍愛的一段深情，只如他千山萬水途中掠過的不起眼的風景！他沒有提筆記錄的興趣。

第二個禮拜，妳放棄等待！第三個禮拜，妳鼓足勇氣又打了電話，至少，讀者請求回信，不會太為難人家吧？

敘緣茶坊！關廟小鎮唯一的一間茶坊，妳清楚浮上那片黑底紅字的木板店招，鏤空雕花的木門窗櫺，裡頭拙重的原木桌椅，典雅幽靜的擺設造景。更幽靜更私密的是一間間包廂。這家茶坊也賣咖啡，咖啡普通，倒是熱桔茶酸甜適中，這個男人說他愛喝咖啡，妳在開車赴約途中突然想到，也許可以請他品嘗一壺桔茶。

緣份也真是難說難敘！妳從來不曾想過，那段永遠不捨忘記的情路上，妳在敘緣小包廂裡哭過笑過，如今，卻在同樣的場景裡，要向另個男人，細說從頭。

2 敘前緣

「桔茶可以嗎?好不好喝?」

「對男人而言,金桔檸檬太女人!好喝,留給說故事的人潤喉,我還是叫杯咖啡。」

「不知道怎麼說耶!」

「電話聊過一些,信和日記也知道一些,心情我能體會,情愛發生的細節始末,等妳來說。這樣吧,我問妳答,妳怎麼認識『真愛』先生?」

「那時候,離婚半年多了,進入保險業當收展員,去他公司收帳時認識的。」

「哦?對方當然是已婚!他知道妳離婚嗎?然後他開始追求妳?」

「沒有——算有吧!隔了差不多兩個月,他才打電話約我見面,說有保險的一些問題要問,約在餐廳,請我吃飯,吃飯的時候我才告訴他離婚的事。」

「繼續!把第一次感覺『愛』的情景,說出來。」

說話的男人,有一雙能夠傳達豐富訊息的眼睛,唇角的微笑像嘲弄也像讚賞,妳很快的被誘導著乘言語輕舟，滑入記憶深處。

在餐廳見面，妳馬上察覺他的手足無措，講話時尾音會抖，看著妳眼皮還會跳！妳有種被小心翼翼捧著的驕傲。那種感覺，正是妳噩夢般婚姻裡從未出現過的。

女人的愛或者帶著一些虛榮心吧？他說，他從第一次見面，就深深為妳嬌柔的氣質傾倒，一種想把妳擁入懷裡，照顧妳的衝動！明知道自己已婚的身分，終是控制不住再度相見的期盼，如果真要追究，或許，愛，就是從他顫抖著問：「我可以跟妳做朋友嗎？」開始。

軌外情戀，屬於理性邊緣的冒險，妳喜歡被寵愛的感覺，也確實欣賞這個憨厚老實人戰戰兢兢的熱情，妳像明珠寶玉般被呵護疼惜，也回應他所有的燦爛美麗！但妳並沒有忘記他的家庭，每當他沉迷深情愛慾，難捨難分時，總還得由妳提醒他時間，趕著他回去。

妳必須這麼做！十年婚姻，兩次和同一個丈夫正式離婚，都是因為第三者介入！妳在婚姻中從來沒有感受愛，只一味的為孩子忍受折磨！自私鄙陋的丈夫甚至以拳打腳踢的方式，將孩子生長的環境徹底摧毀！妳是一個被迫逃離婚姻暴力的妻子和母親，當角色互換，妳成為別人婚姻中的第三者，絕不容許自己成為破壞者，成為自己曾經深惡痛絕過的女人！

即使因愛的不可抗拒而接受軌外情戀，妳仍和他約好，一段情路，只准走到他的家庭察覺為止，在傷害可能發生之前，再巨大的痛苦都必須承受，不能心軟，不能回頭。

正因為這樣的承諾，讓每一次相聚，充滿絕望的末日氛圍。交互索取的慾焰情火，彷彿即使將生命一起化作灰燼，亦無怨悔！

妳飛紅了臉頰，輕咬下唇，說：「每次見面，我們一定會做愛！愛由心中湧起，身體肌膚去詮釋愛意，去做！結過婚，生過孩子，一直到跟他在一起，我才真正了解性愛，所謂性愛，是要先有愛，才有慾的歡愉！」

妳覺得妳說完了！卻看見對面男人凝聽的眼睛閃過笑意，妳輕聲詢問：「我們是真的像熱戀中的男女！這是真愛吧？」

「慾海情山，也可以是愛的風景！美不美？真不真？沒有公式可套用，妳覺得是，它就是了！」

「我覺得它是真愛！雙方都付出真心，愛過一場，這一場近兩年的甜蜜愛夢，生命中曾有的缺憾，彷彿都已補足圓滿。即使已經分手兩年多了，我還清清楚楚的記住歡樂和痛苦交纏的每一個細節，並且滿懷感激。」

「分手原因，是他的妻子發覺了嗎？妳們的約定？」

妳沉默了一會兒，突然竄起的酸疼，愈來愈強烈！眼前男人一張含笑的臉，慢慢模糊，只要想起那一場訣別，妳依舊痛徹心肺。

這男人找來一盒面紙，推到妳面前。他自己把靠枕塞在背後，斜倚著牆壁，安安靜靜的看妳掉淚！那可惡的唇角微笑還在。然後服務生過來敲了敲包廂木門，小聲的說：「對不起，我們十二點打烊。」

離開敘緣茶坊，妳慢慢開車回家。車燈照亮深夜的公路路面，兩旁影影幢幢的路樹，自車窗外掠過，像記憶的膠卷，不停格細審，那畫面便模糊了！車內的妳，竟覺得沒有氣力去辨識記憶的細節，只耳朵裡還清楚留存自己含淚帶笑的聲音：「下次，下次我把它講完，好不好？」

車子轉個彎，妳抬頭恰好看見上弦月掛在樹梢，像微笑的唇，有點冷。

黑夜也有表情嗎？妳發現包廂裡的男人，也有一張黑夜般的臉龐，深沉靜默，引人探索。

因為那男人喜歡喝咖啡，妳開始試著煮咖啡，試著調配奶精和咖啡的比例，然後自己沖泡，自己品嘗。

電話裡聊著，知道他為姬百合的清香著迷，妳剪下窗檯上開得最艷的香水百合，下班後直接送到他工地宿舍的守衛室，請守衛轉交，還附上幾包調配得最完美的咖啡。

妳到書局買他的書，由他的書中文章，知道他最懷念也最愛吃的是麻油酒雞，妳剛好可以把這道菜煮得色香味俱全。打電話給他，說要給他一個驚奇！滿滿一燉鍋的麻油雞，讓他提進去宿舍和室友共享。

妳笑著說，答應要寫的文章全無著落，妳已先不計成本的用力奉承，私心卻明白，妳歡喜看到這個粗獷剛硬的男人，眼底笑意裡那一絲絲柔軟的感動。

他也會回報妳，邀約妳共進晚餐，常帶妳去的是小鎮另一家萍聚咖啡餐廳。

透亮的玻璃門窗，拉上薄薄的雪色簾幕，燈光溫暖，音樂輕柔，沙發座椅鬆軟適度。

妳總是一坐下來，就滿足的嘆氣，那男人也一定說：「別懶，起來點餐！傳統美德規定，女人要負責男人的晚餐。」

兩份簡餐，這個男人吃掉一份半。男人的豪氣總不自覺引發妳女性特有的溫柔情態，讓妳為他加飯添菜。飯後咖啡，是妳說故事的時間，妳婉轉牽引這個男人走入妳的童年、婚姻、情愛世界裡漫遊。

陪妳開懷大笑，或者遞給妳面紙，任由妳流淚。

妳和他有同樣鄉下孩子的記憶，聊起童年，像解析一首首童詩，滿滿的新奇和驚奇！他有少年維特的煩惱時期，妳也有不輕易向人訴說心事的荳蔻年華，回溯成長的絲路，妳倆並肩徐行，談笑風聲。到了婚姻關卡，他沉默了：「不說我，聽妳的！」

只為他聆聽的眼睛，有著不忍和憂傷吧？引妳傾訴所有的委屈！二十歲，帶著少女夢幻的心情，進入婚姻，迷惑的該是丈夫俊秀英挺的外表。婚前的浪漫情人，婚後成了花心郎君！妳帶著孩子，四處追索丈夫獵艷的路線，企圖以親情喚回迷途浪子，卻招來丈夫的凌辱嘲笑。

四年後，妳第一次絕望的逃離婚姻。

三個月後輪到丈夫帶著孩子來找妳，在妳娘家路口守候一日一夜，任由孩子哭泣呼喚。妳無法當一個狠心的母親，不惜忤逆父母兄長的挽留，再次墜入婚姻煉獄！獨自咬牙涉過荊棘烈焰六年的妳，無顏呼救。

求救的是孩子！為被父親打成重傷的母親向妳的娘家求救！一場官司，終於讓妳徹底自婚姻險地脫身。

骨肉乖隔的劇痛，真是扯肺撕肝！白天還好，夜裡，根本無法闔眼。妳開始每個晚上喝酒，攀著醉意入夢，然後在夢中哭號著醒來，再含淚尋酒！半杯烈酒，可以逼迫沒有酒量的妳，把自己重複的埋入睡鄉夢土。

「白天，保險業收展員的工作，必須微笑走入人群，夜裡的心碎哀傷還在眉梢眼角留下痕跡。我懂了，『真愛』先生就是被妳臉上的滄桑幽柔吸引！」

「對不起！叫你聽這些離婚女人的苦水怨言，你不喜歡聽，對嗎？」

「妳也不喜歡說。只是痛苦雕鑿痕印太深，妳想忘卻忘不了！人有趨避痛苦的本能，所以妳找到真愛這個止痛劑，談他吧，妳會快樂些。」

「不說！不說！婚姻和愛情，都過去了。過去的事，說了不快樂也不痛苦。」

「大膽假設！妳是處女座？對不對？」

妳訝異的表情，證實了他的猜測。搖晃著他的手臂，妳一疊聲追問為什麼？星座那麼多，什麼理由猜妳是處女座？

「處女星座傳承正義女神阿斯特莉雅的性格！有著強烈的傲氣，寧可痛苦也不示弱，寧願孤獨也不回頭！表裡不一，正是處女座最明顯的特質。」

「還有嗎？」看來這人對星座滿有研究，妳真的很好奇。

「因為表裡不一，所以心中想的和嘴裡說的，常常沒有畫上等號。偏偏這個『不等於』又叫人很容易看穿！」

「喔！原來你笑我口是心非，言不由衷。告訴你，錯！我才不是處女。」

「聽妳這一聲『錯』！我就更肯定了。」

處女星座？妳知道自己是，卻從來不知道「寧願孤獨也不回頭」是這個星座的宿命性格。

妳沒有告訴眼前男人，和真愛分手的原因，確實是他妻子開始懷疑。只是懷疑而已，妳生命中的摯愛，卻一下子逃得無影無蹤，連一聲再見也來不及說！分手近三年，曾經再度重逢，還在一起兩個多月。這兩個月，妳努力找尋舊日盪人心魂的感覺，可是沒有！妳發現愛已流失，情焰已滅！妳開始後悔多走這一小段情路，可能毀壞一大段最美麗的回憶。

那一次，妳決然提出分手，並且甘甘願願擁抱寂寞。

歲月若像一張網，妳但願留在網裡的都是豐盈美麗；歲月若像一本書，記憶總會選擇最美的一頁翻閱，孤來獨往的日子裡，妳慢慢過濾往事，終於決定！與一份真情不期而遇，妳只願將一剎那交錯的光芒，以文字永久留存。

而這個帶妳來萍聚的男人，就是能夠幫妳完成心願的人。妳看著他捧杯啜飲咖啡，心中微微悸動。當妳將一篇「真愛」藏入箱底，眼前這個男人，卻該置放何處？

4 聚如萍

下了班順道上大賣場購物，卻在書架前駐足，妳一眼看見許多談論星座的書本，也想起那男人曾經提過妳的星座。挑出一本《情愛星座》，妳只翻看處女座這一頁。

也許概括性的文字，包容了所有的個性，所以總能恰巧說中幾項。妳記住了一句話：「對異性相當敏感的處女座女子，情愛不動，在生活上像個勇士，日子過得無憂無懼，一旦談情說愛，或是恩斷義絕，往往自亂陣腳，潰不成軍。」

妳把書本擺回架子。

回到家裡。分租給專科女學生的兩個房間，門窗緊閉，她們留了字條在冰箱上。妳拿出冰箱裡的水果盤，感受丫頭們的甜蜜情意。她們看電影去了，貼心的洗好切好一大盤水果，說沒人和大姊姊搶著吃，儘管獨樂樂。

把燈光調亮，音響打開，小提琴的旋律，流水般柔軟，慢慢漾滿室內空間。

聽著音樂，吃著冰涼的水果，只覺得原本空蕩蕩的心，也柔柔軟軟的踏實起來。

離開婚姻兩次，離開情愛一次，妳在適應期間曾經心碎腸斷。那些日子，的確分分秒秒俱是可生可死。然而，處女座女子因為驕傲，不容許自己被擊倒，終究是捱了過來。情愛不動，妳果然專心營造生活品質，並且活出一個光鮮漂亮的自己。

婚姻，不再奢想！殘敗的婚姻經驗，足夠讓自己臨淵止步，孩子跟隨著前夫，和另一個女人共組家庭，妳和孩子的情感或者因而疏離，但只要孩子能夠適應新的家庭環境，人格完整乖乖長大，妳仍將是他們永遠骨血牽連的母親，只要掙脫婚姻陰影的這個母親，活得更自信、更優雅。

情與愛，都已笑過淚過痴過！處女星座不識情愛魅惑面目，容易情傷愛苦，妳不打算再招惹。做一個絕情斷愛的處女星座，是不是就能擺脫所謂「自亂陣腳，潰不成軍」的宿命？

是不是呢？

妳想起那個漂泊浪子般的男人，和妳在「萍聚咖啡」共進晚餐時，對餐廳因何取名「萍聚」所作的詮釋。他說這兩字應是取自「風萍偶聚」之意。說年華似水，而情緣遇合，就似水上飄萍，兩片浮萍或許互依互偎，隨波逐流一陣子，終究會分開！只要生命長河未盡，孤自飄零的浮萍，應也會另有緣遇，憂喜悲歡，實在無須掛懷。

妳記得他說話的神情，沉靜淡雅，讓他的臉龐顯得俊美。他那盤繞的語言，像深潭漩渦，妳總有沉淪的感覺。不惹情愛，真是這個男人的生命態度嗎？還是識透情愛滋味後的一種忘情？妳能不能做到？或者說，能與不能，哪種才是妳真正喜歡的風景？

拿起電話，按下第一個號碼時，妳突然停住！愣在那兒。

什麼時候，悲喜情緒如此迫不及待要與這個男人分享？習慣將心事交由這深沉的男人檢閱，是不是連心也一齊交了出去而不自知？這男人言談舉止，一派從容寬闊，或許只是他個性使然，妳在他如海胸襟裡恣意撐那心情小船，會不會有朝一日，在自己掀動的情愛波濤中翻覆？

握著話筒，心底浮起風萍偶聚，聚散如萍的字眼，這男人若把這段相識緣份，如此詮釋，妳還打不打這通電話？

也許他會打電話！再度邀約妳共進晚餐。妳慌張的放回電話，從書局回來，妳不肯買晚餐，原來妳正隱隱期待著，一通電話後盛裝赴約。

他，會不會來電？妳把音樂聲轉小些，啞啞的電話機上微弧的話筒，像個擱淺的，問號。

星座情事之女獅篇

0

獅子之於星座，就如同太陽之於宇宙。

太陽的功能就是散播光明與熱量，以及負責大地的甦醒。因此獅子座屬於領導和開啟的星座。

獅子之於女性，代表持家、坦白、寬厚等等諸多美德。

只有愛情——遇上人格缺陷的男人，發展出陰森黑暗的戀情，才可能構成女獅的致命傷。

1 暖陽下休憩的獅子

曾經，有一方斜陽，淺淺暖暖的，框在我的心頭好久。
斜陽裡一襲專注的，微弓的背影。
背影淡入歲月深處，那一方斜陽，還會在記憶門扉偶爾開啟時，微微透亮。
妳說，在午後，三點到四點之間，有一面長方形的陽光，總是恰好鑲在妳的店門上。
妳說，那時候妳會放下手頭的工作，搬一張椅子坐在門口。妳不說這是日光浴，說妳拿陽光洗澡，想漂白蕭瑟冬日的底色。
妳還說要我去找妳，妳已幫我準備好咖啡！在冬日暖陽的這一刻，縱容自己無限量續杯，直到每一次呼吸，每一個毛細孔，都滿溢著咖啡香。
文友相交，我一向堅持止於筆墨往返，第一次妳寫信來，熱烈的感謝我把妳漸日遺忘的山鄉人事，勾勒到眼前。長久以來，妳在報紙副刊上搜尋我的名字，我的文章，並且知道我因工程漂泊，落足妳的夢土，留下文字的履痕。妳想見我。
我說寫信吧！在這個習慣以面具相識相交的世代，甚至出自唇舌的言語都已失真，何不讓文字的純淨無垢，慢慢疊聚情緣？

妳開始以手記方式寫信給我。半個月或一個月，我會接到一疊信紙，信裡也許幾行字，也許好幾頁，說過心情，押下日期，讓我逐漸釐清一個獅子座女人在社會莽林裡，留下的聲息氣味。

結束一段十三年的婚姻，妳恍若自火海蠻野裡突圍脫逃的女獅。帶著兩個孩子，互舐依然灼燙的傷口，在陌生的都市叢林換過心情面目，尋一處窩巢安身立命。三年了，妳訴說著婚姻的夢魘，我在字裡行間仍能感受妳尚未淡忘的驚怖懼怕。

那段時間，我和妳藉由文字輕舟，追溯婚姻急流的源頭。男女因真情而生愛悅，情戀的新芽脆弱易驚，紮根於婚姻糙礪土地上，最需要溫暖呵護。然而人性中粗疏蕩逸的惡質，也最容易在婚姻中顯露出來，情根愛苗終將缺乏照顧而枯萎！

妳遇上的恰巧是個懦弱而惡質的男人。不務正業卻又吃喝嫖賭，樣樣都來。一次次簽帳逃債，都得由妳出面償還。妳呼喚浪子回頭，試盡各種方法之後終於放棄，這期間還包括了婚姻暴力！妳在這男人揮拳相向時持刀反抗，卻因此入獄服刑半年。

在獄中沉寂思索半年，妳下了此後半生獨凌風雨的決定！唯一割捨不下的是一雙兒女，出獄後經過漫長的交涉，甚至由娘家付出金錢，才將孩子自那不負責任的男人手中，贖回。

事隔三年，婚姻火場的燒燙感覺，妳已慢慢將它按捺入最荒涼的記憶角落。獅子星座明朗堅定的特質，在妳撫育幼獅的這段日子，彰顯出來。

租了一間巷底小店面，以字畫裱褙營生，大學中文系畢業的學歷，讓妳對文字圖案色彩的感覺，比一般字畫裱褙的同行來得敏銳。妳說推掉許多訂單之後，每天都還要工作到夜晚十一點。

妳放鬆自己的時間，就是午後斜陽框上妳店門的時候，像暖陽下休憩的獅子，瞇著眼睛，舒展四肢。

寧靜、無求，也許還有一點點寂寞的甘味。妳最愛泡兩杯咖啡，輕啜淺嘗，任回憶跨越婚姻那段崎嶇歲月，直接回到妳童年的田園山丘嬉遊。

以及想起我，我這個在妳童年夢土上行吟的浪子。

另一杯咖啡，妳在陽光離開前，再次確定我的堅持後才自己續杯。

2 誘惑的咖啡香

無法拒絕咖啡的誘惑，或者只是我尋來的理由。

自一封封類似心情札記的書信，我另外看見一顆清且真的文學心靈，妳從不吝惜將纖細心弦振動的訊息傳達給我。聽妳說雨聲，說屋簷下一排珠鍊如何彈跳跌碎，也聽妳說案頭盆栽綠意攀爬的生機，如何觸動妳蟄伏沉埋的某顆種子……妳以知己待我，說盡心事，而且每天為我調好一杯咖啡，我不與文友見面的原則，慢慢變成不通人情。

打電話給妳，第一次交談，彷彿相識多年，書信往返，早讓我倆自青髮童稚即已熟稔。末了，喝一杯咖啡的提議，竟是毫不牽強。

也是第一次，我尋妳在幽深窄巷深處。

大街兩旁商店，玻璃櫥窗或置物架上都亮著燈光，靜冷清晰，街道上汽機車則吞吐著熱氣，往來奔馳。各日午後的陽光，只能在車頂蓋漆亮的反光中，在機車後視鏡眩目的光芒裡察覺，抬頭只見大樓層峰疊立，灰濛濛的冬季天色底下，妳說過的那一方斜陽在哪裡？

直到看見妳！窄巷盡頭，妳那小小的店面招牌下有一方陽光。我在對面騎樓靠著牆壁，點燃一支菸，看著那一方陽光慢慢攀向門口，慢慢慢慢，陽光也照亮妳薄衫長裙的高䠷身影。妳正執筆書寫，秀髮自兩側披垂，有一剎那雲氣乍開。我還看得見，妳皙白的頸項上，有汗珠細碎晶亮。

顯然妳正趕著工作，在尚未裱褙的宣紙上，以硃砂筆揮灑大字。我來早了，不想驚擾妳。當陽光整片照進妳屋內，只留餘光在門框上鑲邊時，妳停下了手中的工作，走到門口，卻一眼望見了我。

我朝妳比了比喝咖啡的手勢，妳微微迷惑的眉結，乍然舒解。午後冬陽，在那一刻彷彿全聚在妳秀美的臉龐上，映現妳燦亮的一朵微笑。

3 在人性最荒蕪的葬地裡迷路

南瀛丘陵邊緣，第二條高速公路正如火如荼趕工，我追隨著工程腳步，漂泊輕塵暫時落定關廟。對妳來說，那是妳的童稚原鄉，對我，則是我流浪的職業上另個驛站。

工程人員的職業，讓我領一份薪水養兒育女和占據我白天的時間。我的志業是文學，工地宿舍區裡，一盞夜燈，是我另個遼闊天涯，流浪世途的山水人情，一直是我文學創作的材料之一。

我的他鄉恰是妳的故鄉，這是我們唯一的交集。兩杯咖啡，閒聊來，竟不知何時斜陽已落，華燈初上。

妳把店門關了，尋家咖啡館共進晚餐。

燭光、音樂、淡雅的室內氣氛悄悄蘊釀妳柔美婉約的情緒吧！妳開始談文學。從妳在中文系時的作家夢說起，到進入婚姻後的夢醒夢斷。我在妳的淚與笑間，不捨與決裂間，肯定和鼓勵妳。

因為擁有一顆文學心靈，才讓妳有足夠的勇氣回頭檢視婚姻的魔魘，也讓妳能更堅強的面對此後人生道上漫漫征塵。然而我的不忍深藏心底，我偷偷嘆息：如此深情專注的女子，怎會在婚姻路上走成步步淚痕血印？

歸諸於命定緣遇嗎？妳的婚姻並非媒妁之言，婚前也因情愛而千甘萬願，所謂緣遇——姻緣遇合其實是妳自己選擇，進入婚姻後才發覺所愛的人如此不堪，那麼，怪自己太年輕吧！若非年輕，怎有為愛痴狂的銳氣？若無銳氣，又怎敢踏入婚姻險地？

只好說命定，命中註定妳在情愛途中必將遍體鱗傷！我想起妳的星座，出生在一年四季陽光最璀璨的夏天之獅，以太陽為守護星，大方開朗為基本原型。然而就像太陽的無私和灼熱，總是忘了該有所保留的女獅，在愛情上直來直往慣了。如果遇上一個人格缺陷的男人，那缺陷即成陰影，如同陽光照不進曲折洞穴，陰森森的婚姻將徹底擊毀女獅！

桌上燭光因妳嘆息微微晃動，妳簇簇燃燒的眼底，依稀可見困惑不甘的淚影。妳要結論！用愛和忍耐苦心經營婚姻，為什麼婚姻卻不能給妳善意回應？妳到底錯在哪裡？

緣遇命定，難憑難料，只能說，愛情，也有它無能為力的時候！它最容易在人性荒蕪莽地裡迷路！只能說，是非對錯都成過往，往前看，讓結疤的傷口自去忘記疼痛。

夜深時送妳回去，巷底一盞青白路燈，映照妳不回頭的身影，枯瘦伶仃。

4 防衛駕駛

大海晃蕩萬頃金波，夕陽欲落未落，晚雲彩霞把一線海岸，妝點得燦爛無比。我倆就在府城西區鼎鼎大名的黃金海岸，並肩徐行。

平緩沙灘上，戲水弄潮的人不多，我倆安安靜靜走著。左邊是呼嘯飛馳的車陣，右邊是大海浪濤聲音，盈盈耳際，堤岸恰似文明與荒野的分界，堤岸上，等距離坐著一對對情侶，每一對情侶都選擇面向大海互依互偎。

妳突然微笑著問我：「這算不算群眾性的肢體語言？情深似海或海誓山盟？」妳眼裡有嘲諷！戀侶之間，慣用肢體和語言重複訴說真情不渝，妳卻彷彿預知情愛善變的本質而否定誓言盟約的必要性。我微微搖頭，知道妳的傷口還隱隱抽疼！

我們也尋一處恰當的地點坐下，也同樣面向大海。妳回頭凝視著濱海公路上急馳的車陣好一會兒，才收回眼光，讓眼神緩緩飄向大海盡頭。那是我探觸不到的，妳歲月深處的陰鬱。

幾次見面交談，我漸能懂妳，妳對生命的熱愛和對情愛的虛無。生活規劃上，除了妳裱褙字畫的工作，每個星期妳撥出兩個半天，到少年觀護所當義工，以愛心和耐心關懷走上歧路的青少年。妳也參加讀書會，遨遊智識大海，探索可能的新大陸；進入心靈成長研習營，希望洞燭生命的盲點……在日光和燈光尚未熄滅的時候，妳的生活忙碌而充實。

夜最深時，獨自擁被難眠，往事的疼痛像黑暗般把妳淹沒，妳終於試圖尋找愛情，期盼新的情愛能夠療傷止痛。

只是漸能懂妳，妳提起新的情愛，言詞躲閃，我沒有追問探索的立場。但我卻隱隱察覺，並且擔憂，新愛情會不會是妳生命中另一張帶刃的羅網？

夕陽墜落，沙灘上已無人跡，大海漸被墨夜占據，只有濤聲掙破夜幕，遠遠傳來。身後濱海公路的車燈亮起，織梭成燈河，妳轉頭看我，離得近，我甚至看見妳漆黑的眸子裡，閃動的車影燈光。

「聽過防衛駕駛嗎？」沉默很久後，妳輕聲的說。

我沒回答，只給妳一個傾聽的表情。

「大部分車禍發生，或死或傷，都是乘客座較嚴重，因為駕駛者控制方向盤，當危險來臨時，本能會驅使他轉動方向盤，讓自己脫離險境，即使，他會因此將身邊的人置於死地！這就是防衛駕駛——愛情路上，也有這樣的駕駛，他，錯了嗎？」

妳走上了什麼樣的愛情路？身旁的駕駛在什麼樣的危險關卡放棄妳？我不必問！只有介入別人家庭的愛情，才具危險性，當妳情愛牽纏，逼使這男人須得抉擇時，他放棄絕美險巇的軌外風景，回返家庭的方向，這樣嗎？

「也許，這總算是一個結束的理由，呵！防衛駕駛。」妳幽幽輕嘆，不否認也不肯證實我的猜測。

我也不願揭穿防衛駕駛自私矯飾的真相。人，仍具動物性，趨避危險屬獸類本能，但這世上捨己為人的高貴情操卻也存在！忠孝慈愛等，皆能使凡人擺脫獸性，顯現和防衛駕駛完全不同的結果。像父母翼護兒女，名將忠君報國，甚至為愛情赴湯蹈火的故事，又哪裡少了？

軌外戀情，有太多理由支持它發生或結束，防衛駕駛只是其中之一。而我知道，妳沒有太多難過，也許預知結局，面對愛焰情火，妳再不肯讓自己嘗試焚身的苦楚，妳只是忍不住靠近，去感受或汲取足夠的溫暖，拿來抵禦寂寞的孤寒。

我不懂該如何勸妳，甚至我不懂，舊愛的傷口是不是只有新的愛情能覆掩？親情呢？親情的撫慰能不能使妳忘卻傷口的疼痛？我故意提起妳一雙兒女，並且強調，當世人盡皆背棄妳，還有一雙兒女永遠在妳身畔，他們才是妳永遠的珍寶。

妳專注的聽我說話，笑意漸自眼底漾開：「我終於知道了。你才是一個真正高明的駕駛，從不走情愛險路。放心，我的最愛確定是孩子，而且永不改變。」

5 新獵場

偶爾，我還會赴妳的約會，在陽光框上妳店門口的明亮時刻，陪妳喝續杯咖啡和坐看斜陽西墜。

「無論多麼危險，母獅都不會選擇躲在深山或叢林。」我們談到星座特質，我總是如此鼓勵妳，我看見一個單身女子獨立扶養兩個孩子的辛苦，也看到妳迎向生活困境的勇敢開朗。

為了擴展裱褙工作的業務量，妳和同行友人合資開設工廠，舉家遷往中部，像帶著幼獅的母獅，尋覓另個更廣闊的新獵場。

我們的書信往返，因為妳的忙碌愈來愈少，終於斷了音訊。也許，妳並不知道，我仍把妳這個獅座女子，留在記憶中好久好久。

星座情事之魔羯篇

0

出生在沒有一絲生物氣息酷寒冬季的魔羯，是個半羊半魚的組合，又稱山羊座。

其中的羊頭被認為是牧神的化身，傳說中，牧神被怪物襲擊而急忙逃入水中避難，卻因為過度驚慌而無法完全變成魚。

羊的勤奮堅毅，搭配魚的悠游自在，再混合宇宙黑暗面的守護星，土星，這個土象星座的特質，一個既複雜又勇往直前的形象，呼之欲出。

呈現驕傲、孤獨、陰冷性格的魔羯，唯一例外就是陷入愛情的時候，尤其是這個星座的女人，會愛得很專一，愛得忘了自己，愛得提早讓生命進入冬天也在所不惜。

相對的，當魔羯女判斷愛情不再是愛情，決定分手的一刻，也絕對是殘酷得可以！

1 紅顏

妳說：「我很想知道，命運是什麼？有沒有命中註定這回事？」

「我更想知道，愛情，愛情是什麼？」妳說：「為什麼我那殘忍自私的丈夫，竟然在我眼前變成一個溫柔深情的男人！是因為愛情嗎？那個女人一點也不漂亮，我實在很不服氣！」

阿苓，在電話裡，任憑妳傾吐婚姻中無盡的苦難後，我想好好寫封信給妳。我一向認為，言語傳遞訊息，不只滲入情緒，也容易受環境影響（一條電話線，妳說我聽，只算單向溝通），而文字，下筆之初多了三分斟酌，任何訊息的表達，都必定經由思想沉澱過。觀看文字的人，也比較能夠從容的，去剖析演繹詞句的奧義。

所以，我願意讓我們年輕時候，以文字互訴衷情的記憶重現，更希望妳能夠在焦躁火熱的婚姻生活中，抽出一個清涼的靜夜，從容的看完這封信。

大台北的夜晚，有霓虹喧鬧不休的區域，也有沉靜甜美如村姑的小市鎮，十二點整！此刻的淡水小鎮已入夢，我開窗，對岸八里的人間燈火接疊閃爍如寒星。孩子丈夫都睡了，他們明天還要趕車上班上學，剩下我這家庭主婦最有資格熬夜。妳堂妹夫臨睡前還問我：「美櫻！幹嘛眉頭皺得那麼辛苦，給誰寫信？」我說寫信給妳，他欲言又止，嘆一口氣，隔會兒才又說：「我倒覺得該寫給堂姊夫！勸勸他，唉！他才是問題人物。」

我當然知道誰是壞男人！也知道一個壞男人，對家庭婚姻殺傷力有多大！對一個女人，折磨有多深！

阿苓，我只能心疼的說：「妳的運氣真的不好。」

有一本書，書上說過女人像「油麻子花」，台灣俚語也說女人是「菜籽命」，隨風飄零，沒有選擇土地的權利。但不管土地粗礪肥沃，總會落地生根，這其中的確涵括了妳所說的，命運兩字。

就像我倆，同年次堂姊妹，一直共有童年少年的最初記憶，青春少美時還在台南市郊同家公司上班，但面臨婚姻情愛的關卡，卻讓我倆從此南北乖隔！繁華台北原是妳最嚮往的世界，偏偏遠嫁屏東潮州！而我害怕喧吵，寧願竹籬茅舍一生的女人，竟肯追隨著婚姻，來到妳的夢想之地。

可知命運不由人。

我倆從故鄉新市，為婚姻一南一北各自安身，但我們姊妹的情感並未疏遠，回娘家的日子，我們也大都能夠相約會合，互道別後。然後，我慢慢察覺妳在婚姻大海中，驚濤駭浪的心情。

也許真有命中註定吧！

婚前，妳明艷溫柔兼具，為妳傾倒的同事很多（我那時成為情書專送的郵差了）他們一個個被妳封殺出局。現在想來，其實有幾個憨厚老實的男人，只要妳點頭，他們真可以把妳捧在手心裡一生一世！妳卻在認識那個壞男人之後，撤去所有矜持，不到半年結婚！結婚不到半年，他開始動手打人。

妳的婚事父母反對，我也反對！不確定老人家反對的理由，也許世情識透的眼睛，比較容易看穿淺薄鄙陋的靈魂吧！我反對，則是妳那男人某些時候陰鬱兇狠的表情，讓我不安。可是那時候，誰勸得住妳？妳只看到他俊秀軒昂的外表，迷惑於他動人的談吐……誰說不是命中註定？妳先前的甜蜜無悔和妳後來的傷痕淚水！

此刻，我不禁也要問：「命運是什麼？」

妳比我聰慧美艷，處理事情比我明快決斷，按理說，妳所經營的愛情和婚姻，應該比我精彩幸福，但沒有！是不是？我那木頭老公有一大堆缺點，讓我可以嘮叨他一輩子不會無聊，但他疼我，疼愛兒女的一顆心，從未改變。有時候我會感覺恐懼，我這個迷糊的女人，憑什麼能夠得到人間界定的——幸福？而妳這紅顏，偏是命薄如紙！

或者，命運就是蒼天典藏的一本祕譜，凡人根本無權翻閱。

電話裡，妳生動的描述了妳當「偵探」的過程，躲進廂型車後座，偷聽到自己的丈夫對著第三者說盡款款深情。妳動手打那女孩，換來無情無義的男人一場毒打。我聽得渾身冷汗。到目前為止，我依然無法接受，以愛結合的婚姻，竟然會有拳腳相向的不堪場景。

是我，我大概會帶著孩子，藏入茫茫人海，讓婚姻愛情從此陸沉！

半年前，妳結婚三年後第一次離家出走，來到淡水小鎮。（我那時候好高興，彷彿回到未婚時代）我陪著妳在淡水河邊看星星，看月亮，吃淡水有名的「阿給」和阿婆鐵蛋，我記得一直到我們走累了，在堤岸上倚著紅色鐵欄杆休息，妳望著寬闊的河面，眼神跟著飄出大海。

妳漠漠淡淡的說：「如果能夠，我寧願不要這個婚姻。」

時間像流水，是不是？走過的足跡，通常也已是不能回頭的身後風景，是不是呢？

當時不懂，不懂被妳笑容掩蓋著的辛酸底色，不懂妳洗澡時遮遮掩掩的青腫傷痕，原來不是騎車摔傷，而是來自婚姻暴力！妳的倔氣，讓妳勉強的在親戚朋友間，塑造幸福假象，只因為，當初妳也是那麼倔氣的選上那個人，走上這條路！

那時候我苦苦勸妳回去。「勸合不勸離」的傳統觀念，依舊深植我心，總認為一個女人為愛和婚姻，所做的忍耐和努力，必獲同等回報，也終有苦盡甘來的一日。如今，我寫下這封信，只是心疼的想告訴妳：淡水小鎮的我的家，可以是妳另個永遠的港灣，當妳自婚姻大海中歷劫歸來，我會為妳點燃一爐溫暖火焰，烘乾妳被浪濤淋濕的羽翼。

2 魔羯女

阿苓，妳還好嗎？

老公一大早出門上班去了，丫頭也坐娃娃車上幼稚園，昨天剛把幾袋子電子零件交出去，貨源一下子沒接上，今天突然覺得好空好閒！甚至有一點點，寂寞！

所以囉，寫封信給妳。

我的個性比較散漫，家庭手工沒有壓力，我拿時間來換取私房錢，老公下班，可以邊看電視邊幫我做。老夫老妻，沒什麼新鮮話題，聚在一塊做家庭副業，倒不失為好辦法，所謂聚沙成塔，一個月領一萬五左右，不很困難。妳也有孩子拖住妳，大可考慮這類兼職。

僅供參考。

想提筆，真的，是那一種幽幽微微的寂寞。

送孩子上娃娃車，回到屋裡，竟然沒事做！坐在沙發上發了一會兒呆，空空蕩蕩的感覺愈來愈強烈，「浪費生命」這樣嚴重的字眼，突然浮升上來。然後我馬上想到，如果有手工可做，我會打開電視，邊看邊做，一個早上大概兩百塊錢進帳，多這兩百塊錢，我就不會有浪費生命的自責，那麼，我生命的充實與否，由這兩百塊錢決定嗎？

不知怎麼，那時候覺得好悲哀！只覺得女人一入婚姻，天地窄了，眼光淺了，俗氣得無可救藥！甚至連男人也是，一成不變的上班步調，枯燥無趣的言談。男女夫妻就這樣悶在同一個屋簷下？一輩子哪！

阿苓，起初那感覺真的很強烈，一個多小時裡，完全的心灰意冷。直到提筆寫信，情緒才被轉移，因為我想到我的丫頭。乏味的婚姻的確沒有支持一雙男女相守一輩子的理由，但是骨肉血緣的孩子一日日成長，每一天都那麼生動驚奇，孩子用他們鮮麗的色彩，替我們單調的婚姻著色，是不是？

我想說的，阿苓，好老公壞老公都不重要！孩子才是我們生命中的摯愛，可以一往無悔。

我不確定妳同不同意我的感覺。上個月，我們回台南新市參加枝姑的告別式。我倆靜靜的流淚，為一個一生命運多舛的好女人哭紅了眼睛。親友家族們也個個悲恨交集，替枝姑養出那兩個沒有人性的兒子深感不值！

真的難以想像，這麼一個輕聲細語的好女人，她生命中的三個男人全都那麼粗俗殘暴！酒鬼丈夫早死，算把債早還清，兒子一個當小偷，一個是流氓，只偶爾回來逼著老母親拿錢（六十多歲的瘦小婦人還在工廠當清潔工）。告別式上，兩個兒子都沒回來，只聽說一個在監獄裡，一個被通緝，逃亡在外。

枝姑的生命句點，畫得淒涼，她怎肯瞑目？如果我們付出寵愛的兒女，長大後竟也如此回報！這生還有什麼好眷戀？

那天，沒看到妳的男人，倒是偉偉乖巧懂事，黏妳黏得很，我想這該是生命無悔的緣由，因為我們不再只是女人，而是母親。

前一陣子，我在電視上看到，所謂的星相專家，替配對成功的男女分析性向命理，後來又在報紙家庭版讀到一篇魔羯座的流年預測。妳知道嗎？我特別去書局買了一本討論星座愛情的書，被我家那個「凍酸尪」唸了一頓。

我把魔羯的命運，影印隨信寄上。

我倆同一星座，晚妳幾天出生，妳就是我永遠的堂姊。（真不公平！）我印證魔羯這個土象星座的守護星，土星的特質，倒覺得妳在婚前爭取愛情自由的情況，和土星之子可以為情愛而忘記自己，不顧一切勇往直前的形象，相當吻合。至於妳的魔羯堂妹我，關於愛情，就沒妳那麼轟轟烈烈。

進入婚姻，愛情不再灼熱美麗，這很正常，有點冷又不會太冷，也許才是婚姻最恰當的溫度。此時最重要的應是營造一個家的兩個人，必須是好人，穩定忠實，加一點點寬容。阿苓，我想問又不敢問的就是妳的婚姻，妳那個壞男人，有沒有慢慢浪子回頭？
信寫得好長好亂！也許，我的宿命裡，也真的隱藏有魔羯女人特有的，複雜驚慌的因子吧？
不管如何，容我真心的問妳一句：「還好吧？妳。」

3 復仇牧神

綿綿密密的春雨，遠了。
炎陽烈日，紫外線老是攀登到危險程度的夏天，也過了。
今年沒什麼颱風，大概聖嬰年的天氣異象，也把颱風嚇跑了！入秋來的酷熱，一點不輸給夏季。我的丫頭明顯長高了，常常跟我說她的膝蓋會痛，然後隔一會兒又說不痛了！我沒經驗，只想到要問妳，可是仍找不到妳！我後來帶丫頭去看醫生，才知道那叫「生長痛」，骨骼快速成長，會帶來一點點痠疼。
還有，我懷孕了。是個男生，腰特別痠，也特別好吃！老公說將來一定生個胖小子。

半年多了！一些心情，一些感覺，一大堆瑣瑣碎碎的生活點滴，都想告訴妳。以前可以寫信，可以打電話，現在電話裡只有妳那男人冷冷淡淡的說：「不在！」啪一聲掛斷電話。我再打，他聽得出我的聲音，才喂兩聲又被掛斷。

知道妳又離家出走，牽掛的心一直落不下來！這次，連妳娘家的父母兄姊都不知道妳的行蹤，可是，妳該告訴我的，要不，我這封信要寄往哪裡？

阿苓，不管妳在哪裡，我都希望妳主動跟我聯絡，以前，我或許會勸妳為孩子忍耐，甚至私下透露妳上班的地點，讓那壞男人找到妳！（當時妳跟他回去，沒怪我，是不是妳對婚姻，還留有一線希望？）

現在，我知道我不會了。妳肯將人世親情牽葛，在逃離婚姻的同時，一併割捨，我如何能不懂妳的心有多苦？妳的怨有多深！

別忘了，我也是魔羯。牧神被怪物襲擊後，弄得羊不像羊，魚不像魚，復仇的念頭從未間斷，因此，反擊力特強正是這個星座的性格之一。

我真的願意同妳並肩作戰！阿苓，其實離家出走不是最好的辦法，那是逃避，婚姻若已無轉寰餘地，那就站出來，和那男人徹底劃清界限吧！需要我幫忙，儘管說。

何必為那男人，賠上往後一大把青春歲月，是不是？

午夜時分，萬籟俱寂，剛剛我在陽台站了一會兒，淡水河面上倒映的月光和燈光，都讓夜霧朦朧了。妳最愛說這是台灣最燦爛的一條銀河，此刻，這銀河已帶出秋天的幾分蕭索了。

看著深夜的淡水河，我想起一首歌，歌詞寫著：「有位佳人，在水一方。」而妳，妳卻是在哪個天涯海角？

4 滄桑美人

都過去了，是不是？阿苓。

折磨，不再有，怨恨，不再有，身體和心靈若有傷口，都結疤了，對嗎？

出現在淡水捷運站前的妳，苗條清減，像瘦身廣告裡的美女。我第一個感覺是妳變得更漂亮了，那感覺是因為妳的氣質，憂傷中有歡愉，柔弱裡有堅強，歷盡滄桑卻彷彿雲淡風輕……（我很像詩人吧？寫得出這麼難懂的句子）。真的，走出婚姻陰影，沐浴在明亮喜悅的第一道陽光中，妳的美，添多了一份深沉的魅力。

我幾乎有點嫉妒妳！懷孕六個月，能吃能睡，我的身材跟妳一比，簡直慘不忍睹。更嫉妒，但不敢說出口的是：「我肯定妳很快會有追求者。另一份愛情，將帶領妳去探索一個全新的世界。而新的愛情對我而言，已是天方夜譚！一個我永遠無法企及的夢想國度。」

阿苓，有時候命運的轉折，就是這麼不問情由。妳藏匿在台北，找到啤酒屋的工作，半年內當了店長，這半年，妳的氣度見識寬濶之後，終於能夠鼓足勇氣打電話要求離婚，而那男人也因為另有新歡，答應得毫不猶豫，甚至偉偉也推給了妳。命運很奇妙，是不是？妳當初為了孩子，困入婚姻煉獄無法脫逃，如今不只偉偉滿足的依偎身旁，妳也能夠從此和那惡質男人，恩斷情絕。

塞翁失馬，焉知非福，該不該說一聲：恭喜？

我只有點不平衡，那樣惡質的男人，怎會沒報應？

不但不養家，還吃喝嫖賭！妳辛辛苦苦在家裡做電子零件加工，他可以回來踢得滿地都是！婚姻暴力不說，竟獸性大發的強暴妳！妳離家出走半年，算便宜了他。婚姻，這個制度究竟給了女人什麼保護？縱容了多少不配擁有婚姻的男人？

我真希望，法律條文應該加上一條審核條件，有嫖賭飲酒或暴力傾向的男人，不准結婚，以免汙染婚姻制度的品質。

胡思亂想吧！這人間情理法，對女人，永遠無法真正平等。

妳知道嗎？老公剛剛湊過來看我寫信，我斜眼瞪著他，任由他看。他說：「胎教，胎教！沒見過懷孕了脾氣還這麼大的女人，可別嚇壞了妳肚子裡的男人。」

我還在生氣，他又說：「好男人遇上壞女人的悲慘事件也很多！都算個案吧？別扯上男女平等這回事。重要的是，假日把阿苓和偉偉叫過來，我們一起去野餐。」

妳聽到了嗎？這是邀約。

這次見面，我們也談到枝姑的一些記憶。我們的童年，就在她老人家院落裡的大龍眼樹下度過，鞦韆架、石臼、石鼓，讓我們這群同輩孩子的屁股磨得發亮！枝姑總會捧出番薯湯、芋頭湯，輕輕叫著：「美櫻仔，阿苓仔，來吃甜湯。」

唉！這個甘於命運擺布的好女人，命運對她，就真的永不慈悲。

我提起枝姑，也是為妳慶幸，並且支持妳橫抗命運惡意的一切做法。離婚這件事，放在枝姑那個世代，也許足以毀棄女人的一生！但現在，我確定，妳的天地將更寬濶。

真的！阿苓，噩夢之後，驚悸或者仍留下痕跡，但醒了就是醒了，睜開眼睛，柔暖明媚的陽光已在窗口，是不是？

更何況，還有我這個貼心、關心，但有一點點粗心的妳的魔羯姊妹。

接信後打個電話給我，咱研究一下出去野餐的時間和地點。OK？

星座情事之女蠍篇

0

出生在秋末冬初已帶寒意的天蠍，其記號是擁有可怕毒針的毒蠍型態。

它所暗示的意義，即是沉默、私密、隱藏和蟄伏的力量。

無論如何，女蠍都不會是甘於平凡的女人！也許，愛情的狂烈可生可死，也許，受傷的痛楚扯肺撕肝，也許，傳奇的戀情反覆曲折。

這個星座是假性的冷血者，無情只算偽裝，她們永遠無法真正忘情。

1 第一箋：

無心的女人

在茫茫人海中，這一份真摯的情意，一輩子都不會忘記。

希望你過得很好，同時也告訴你，我無恙。

一樹凋零楓葉為前景，渲染楓紅的湖水趕著水紋，盪漾至極遠處。神祕的古堡成為一抹淡影，湖面氤氳霧氣，古堡遠若天涯。這一張構圖簡單的問候書箋，吸引我駐足凝視許久，任心弦微微顫動，抽疼。

箋上的文字，就是近些日子來，我哽在心頭，噎在喉際，最想傾訴吶喊的聲音啊！告訴自己不見面，不寫信，讓別離後的淡漠去遺忘往事，也深深明白，不思，不想，不難過！只有揮去常懸心頭的你的孤寒身影，我才能回頭，去面對渴望擁抱我的溫熱世界。

我們以前的小樓歲月，絢爛顏彩仍在記憶深處盤旋，它不是你藏嬌的金屋，而是我這痴心女子追隨你遠走他鄉的小窩，裝滿我全心全意的等待，和你偶爾來訪時，深情交會的光芒。那時，我是傻女孩，最美最真的傻女孩。

獨自一人，搬離有你聲息氣味的小樓，我打電話給你，你總算問了：「妳會不會留地址？打電話妳肯不肯回？」一長長的日子來，你不是不懂我即將離去的掙扎心情，但你依舊篤定和淡漠！我看不出你是篤定我離不開你，還是淡漠的慨嘆：「這樣也好！」

上一次，我們分手過，你的沉默已說明了你的應許，是我那一場相思的淚水，又把你的柔情喚回。這一次呢？我總算能夠欺騙自己，是你找不到我，不是你不要我了。

現在，我仍擁有一間小樓，離你好遠好遠的他鄉小樓，是你無從尋覓的天涯。不留地址，換過手機號碼，以決裂的姿態保有我的尊嚴！我不再是一直向你索求甜蜜疼愛，可憐的第三者了。

許多爭執的話題，在離開你之後，我已沒有力氣再去撿拾，剖析。

曾經，我做過一個奇異的夢。夢裡，我讓一個類似通靈者的老人看手相。他嚴厲而哀傷的重複呢喃：「妳不肯醒過來，不肯清醒！輪迴於相似的悲劇，皆因個性使然，是命中註定劫數難逃！」

我激動的大喊，無助而憤怒：「若一切早已註定，我又怎麼掙脫，怎麼醒來？」

是的，夢境或許反應出某些潛意識的渴望！這些年來，我始終飄浮空中，遙想著陸後的安穩與平衡，即使我眼痠了，翅膀疲累了，但習慣速度的快意和自由無拘，仍驅策我繼續飛著，繼續的，也仍是不曾放棄著陸的渴望，所以，別怨我怪我的搖擺不定……

你是漂鳥，職業讓你四處流浪，居無定所。但你擁有自己的陸地，你婚姻的陸地早有人捷足先登。我沒有陸地！乘著情愛微風展翅追逐你多年，我必須承認，我的雙腳早已退化，即使發現陸地，我同樣沒辦法著陸。

我開始問自己，何不展望天空？何不眷戀白雲？何不相信，總有一天，你會微笑著棄了窩巢，伴我遨翔？這一生，我的深情孤意，對你永恆的依戀，都只因你是我花樣容顏的唯一解讀者，沒有你，我所有的美麗都無意義！

然而，我堅持得太久，太累。你定時定量的愛，漸漸已無法支撐我對你的堅持，如果飛翔是我的宿命，我必須靠自己的力量，讓自己飛得好一些，穩一些。不因為你，而是自己甘心無怨的選擇。

也許，等我單飛一陣子之後，我就能夠漠視陸地的召喚，忘記自己曾經有過雙腳，也許那時候我還會鼓動翅膀，搜尋你凌絕人世風雲的翅影，自動與你比翼齊飛。我不知道能不能，會不會？但我一定要試過。

離開你，才知道思念的痛苦如狂潮巨浪。我的一顆心早已沒頂，那些圍繞在我身邊的男人近乎憤慨的說：「妳是一個無心的女人！」

我是！苦楚如黑夜盤據，我的眼睛像寒冷遙遠的星子，無視他們熱切追求的情意。只剩下軀殼的，你最憐愛的女人，卻在書局裡看到這張小小書箋時，流淚如雨！

我會把書箋寄給你，還是不留地址！我只是要你知道——我無恙。

2 第二箋：

情慾遊戲機

●為什麼所有的愛，都在絕望後產生狂熱？

●生命裡最適合玩單人遊戲者，就是女蠍！自編自導自演，自己鼓掌。

●對自己的慾望忠實，女蠍是最稱職的情慾遊戲機。

●總是把愛情看得太重，承諾看得太深，兩性互動看得太不完美。

身體深處，情慾又蠢蠢欲動！

飽脹的乳房，走路，下樓梯，微微晃動時總升上來暈眩的感覺。下腹部空空蕩蕩的，像深淵，只要注意力靠近深淵邊緣，整顆心就酥酥發軟！我討厭我這個樣子。

昨天晚上，臨睡前我抱著靠枕，屈起雙腿，貓一樣綣縮在床鋪上好久好久。腰部以下幾乎完全麻痺了！我在聽音樂，耳機裡幽柔旋律波波湧湧的要把我推入夢海。

我並沒有睡著！只是讓情緒思想完全空白。然後我發現，我閉著的眼睛裡，慢慢泌出淚珠，麻麻癢癢的滑過臉頰，澀澀苦苦的留在唇角。

我在流淚！我，我在想你！想你是否也想著我？

三個月了，我強迫自己將你驅逐，讓心靈遠離，可是我的身體沒有辦法遺忘，它背叛了我的心靈，偷偷的、熱切的呼喚你。

我還是只想要你！上次分手，我不承認也不否認，和那個纏在我身邊的男人，進入了你所謂的情人階段。那是爭吵時的情緒發言。我故意默認的！你應該知道，我真的只要你，要你那令人窒息的擁抱，要你那焚天焚地的胸膛熱焰，我只甘願在你的懷中呻吟溶化……再不會，也不肯有別人！

需要多久？我的身軀才能冷卻？冷卻到和我這顆不回頭的心，同樣溫度？

我今天又到書局看書，一向以文學為志業的你，也許會有新書出版，也許你若有新的散文集，會有一些思念我的心情。不經意的看到星座和愛情的書，看到我自己的天蠍星座，有些文字，確實直接指陳我目前的愛情境遇！我抄下來，寄給你。

女蠍的愛，在絕望之後還有狂熱嗎？我不確定！如果說相思，說想念，那麼，是！我遠離原來愛的窩巢，匿跡紅塵天涯，這一段寒涼世路，我只剩一朵相思的焰苗取暖。

而離開你的我，才比較適合玩一個人的遊戲吧？公司的業務員、外頭的客戶，廣告行業可以讓我接觸許多好男人，我的條件也足夠吸引一些追求者，但你並不明瞭，我掙脫你的金絲牢籠後，殘忍的也擺脫企圖將我捧著的每一雙手掌。我要自由自在的單飛。

他們太快付出承諾，也太輕易說深情。但我絕不是什麼稱職的情慾機器！除非進入婚姻，我情願為你守貞。

雖然分手，我並不怕讓你知道我的思念，但我害怕昨天、今天，以及明天之後的更多日子裡，我會不會受到身體的慫恿而走向你！又輪迴於一場沒有未來的畸戀。

不要！不要，不要，不要了。

3 第三箋

哭泣的駱駝

我背負著幸福，卻追尋著痛苦，
流浪，
也許是愛你唯一的出路。
風沙吹得我聽不見愛情，
想回憶都難寧靜，
你我，連恨都舉棋不定，
任不知情的風沙，捲去足印。

喜歡一首歌，有時候是曲調旋律感動我，有時候，歌詞唱出了我的心情，那種被挑動心弦的感覺，好多年來，我已習慣與你共享。

聽到《哭泣的駱駝》這首歌，我離開你整整半年了！再看歌詞，突覺一種漠漠淡淡的哀傷，像漫天風沙襲捲而來，充塞著我那失水、貧瘠的心靈荒野。

沒有淚！真的。離開你的前三個月，習慣有你介入的靈魂軀體，日日夜夜，逼迫我回頭尋你。半年後，沙漠，彷彿已是我生命情境的擬態，沉靜，死寂！而一首歌風砂湧動，卻讓我沙漠的生命略有生氣！因為，我想起了你，海市蜃樓般的你。

「沒有你的地方，沒有天堂。」

還記得這句當年痴情誓言嗎？現在，我已不確定！天堂也許只是渴愛的人幻覺下的海市蜃樓，像你，你在我的生命中的出現與幻滅！

年輕日子裡，我始終相信，愛情是此生唯一！即使它有缺憾，仍相信痴狂執著能補回圓滿。因為年輕，我縱情揮灑青春歲月，誓言陪你到地老天荒。而你，在家庭的責任和束縛外，也因這份甜美愛戀而意氣飛揚，我們真的上山下海，遍走天涯，這屬於你我記憶最美的一段，卻也同時造成日後難以割捨的痛苦根源。

我不可能永遠年輕美麗，你也不可能因為這份甜美情戀，放棄你原有的整個世界。

你我明知踏出軌外，行向歧路，卻仍十年不悔，關鍵在於你個人的特質與魅力，的確深深吸引我，與你相處，我總是歡愉而滿足。

再者，我一直肯定，你最愛的人是我，家，只是你的責任，因為道德觀，我不敢以遲到者的身分求取座位。最重要的一點，我期許歲月流逝，人事變幻，我們的純真摯愛，終能堅持到相守一生的結局。

這份期許，深藏在潛意識底層，連我自己都不明白，只有經由歲月見證，才能恍然了悟，無悔，其實還是有條件！

這三點，誘引我像風砂中的駱駝，一步一足印，行向海市蜃樓，呼喚虛幻的你！今晚，我耳邊響著這首歌，十年情愛在心中逐一浮現，我讓它一幕幕放大，我不知道，你是否有勇氣陪我解讀？

如果往前追溯，應該說，自你父親生病，長期住院的那段時間，你整個人就變了！不再是那個蕩拓狂傲、瀟灑幽默的情人。我默默承受，你面對親情可能斷滅的恐懼和折磨時對我的忽略！那時候，我也有恐懼和折磨，當你和你的妻兒子女，全力照顧家中長者，骨肉血脈緊密相依，卻是無情突顯出我這外人的淒冷孤獨！

第一次我發現，我的溫柔無法抹平你眉際憂傷，我的真心關懷，無法實質進入你最在意的世界核心！在漸漸感受不到你熱情的情況下，另一個重大的轉折點，也隨之出現。

我進入廣告業。最初的校稿排版耗費眼力，有一段時間我的眼睛痛得無法看書！你的初稿，你刊登的文章，甚至你指定的一本好書，我幾乎都忽略了，原本和你文學唱和，蕙質蘭心的女子，漸漸眉眼模糊！

接下來，你隨工程轉移而遠走他鄉，心靈和形體一起拉開距離。聚少離多，讓我們難尋舊日情愛溫度。誠然，我周遭的女伴，一個個走入婚姻，構成我絕大壓力，但你一直不肯給我承諾，確定一生相守，永不背棄，也是使我不再無度支付痴情的原因。現實面上，你只肯為家庭負責，只給我愛情，就要我獨自阻擋我現實面的壓力！我不能向我的世界抗辯，說我已經有一個最愛的人，只是他不能給我婚姻。於是，我開始流浪在每一條可能讓我落實婚姻的情路上。

對我是折磨！對你更是！

一次次相見別離，每當我們上一次在言詞上彼此受創，下一次，又會在柔聲傾訴時互撫傷口。你終於愈來愈沉默，愈來愈不快樂！這其實已使我愛你的誘因，消失大半，但屬於你個人特質的影響力還在，我始終在熙攘人潮裡，尋找一個和你相同背影的男人，我愈找愈灰心，也愈不快樂。

你由我口中，聽到一個個男人的名字出現時，是什麼感覺？我毫不掩飾追求者的真心，或多或少讓我心動或感動時，你又是什麼感覺？十年情愛你仍不考慮替我安排座位，當我一再向你炫耀，多少人捧著婚姻的椅子，跟我說請坐時，你心裡怎麼想？

也許你還在懷疑，愛呢？如果有愛，為什麼我繼續重複拔足的姿態？或者已經由愛生恨？我故意選擇報復，選擇折磨你？

我的確有恨！恨你所堅持的人間義理，從不因為我們疊聚多年的感情而稍做妥協。更恨自己！明知道你對我的愛意，一點一滴消失，為什麼我仍不能決然斷情？為什麼總在離開你後，又要回頭尋你？

如今，我只想告訴你，當時有恨，愛，也同時存在。我透露心意為其他男子牽動時，其實是希望你能因為怕失去我而挽留我。我在激你，威脅你，我忘了你這絕不低頭的男人，寧為玉碎的性格。

還想告訴你，我解讀了我們的斷情滅愛的前因後果，只是解讀，不是我想再一次回頭。愛也需要有尊嚴，是不是？搬離小樓前的爭吵，我們的言語都太鋒利、太無情，你滴血的心頭，應猶隱隱作疼！而我，我已決定，我的傷口，永不准痊癒！

這傷口是愛和恨交錯切割的痕跡！愛和恨都和你息息相關，我不捨它結疤後，變淡、消失。

駱駝淘汰了牠的淚腺，走入旱漠，我帶著永不癒合的情傷去流浪！我和牠，早已註定此生，風砂漫天的宿命。

星座情事之牡羊篇

0

大自然冬眠之後，回春之始，正是牡羊座誕生的時刻。它的記號是向著目標突進的白羊頭部，微彎微曲的一雙羊角，恰似破土而出的兩株嫩芽。

樂觀、進取、新生、滿滿的活動力，構成牡羊座女子的基調。因為守護神是戰神阿列斯，血氣、勇氣、銳氣，三者具備！火象星座的她，需要挑戰，更需要掌聲，若有掌聲激勵，雖千萬人，亦往矣！

所謂一物剋一物，在愛情上，孤僻型的男人如憂鬱小生、文藝青年，卻是牡羊女子宿命中的天敵，她的滿腔情熱，將持續燒灼到體無完膚為止。

也只這個時候，春花般亮麗的牡羊，才會迅速凋零，凋零得像一片淒淒落葉。

1 煙花情緣

「人不輕狂枉少年！」她挑高一邊眉毛說。

「秉燭夜遊，方不負少年頭！」唇角抿深了微笑，她又說：「你看不出來年紀，真的！我們走在一起挺配的。」

認識阿珍，這個牡羊座女子，讓你很快的拋開中年特有的沉穩世故，一頭栽進少年時期，陪著她一起瘋狂。

你還記得比較瘋狂的一次夜遊。

她說：「心情欠佳！不想上班，咱出去走走，愈遠愈好。」

你問她：「不管天涯海角？」

府城華燈初上，市街巷道車煙浮塵充斥，的確不適合鬱悶心情！你載著她上高速公路，南下，直到恆春半島盡頭。

登關山，賞月看海；攀龍磐，觀星聽濤。凌晨時分，在恆春古城外的出火，點燃那藍色火焰！然後兩個人趕回來台南，你送她回去，自己還來得及打卡上班。

這一去一回，四百多公里，她紓解了壞心情，可以蒙頭大睡一整天，等晚上才上班。你卻是兩天一夜沒有闔眼。支撐著不說疲倦，或許就是她挑釁似的那一句：「人不輕狂枉少年。」

其實你很清楚！和阿珍交往，你心中仍有一把道德的尺，丈量情愛的分寸。你不肯也不會讓自己輕易踏入泥淖，造成難以自拔的局面！再者，你一向堅持，不在煙花歡場覓知音，以金錢買來的歡笑是假，換來的情意更是假。你有幾分文人風骨，總覺得情愛，必須由絕美無塵的心靈自動滋生，任何物慾的勾引或著色，都將褻瀆情愛兩字。

和阿珍第一次見面，偏偏就在煙花深處。

工程人員總是離鄉背井，在荒莽天地裡孤獨揮斧闢山。某些放蕩的夜晚，大夥兒會說：「去唱歌。」他們就在工地附近鄉鎮，找一家有酒味有粉味的KTV暢飲高歌。你從不喝酒，也從不涉煙花，卻拗不過夥伴們激將法：「怕什麼？唱歌而已，小姊負責倒酒跟拍手而已。熱鬧嘛！沒你想像的那麼恐怖啦！你不點小姊坐檯也沒關係，走啦！」

你去了，因為你替自己找到一個理由：也許可以開拓視野，豐富自己寫作的題材。去過幾次之後，你開始著手煙花女子系列寫作，並且在報紙發刊。你的確以悲憫的心情去關懷此一層面的女子，她們的愛憎情怨！

阿珍是固定坐你檯的公主，有著年輕女子特有的潑辣和柔軟。

在那燈暗影昧，檯面轉呀轉的場景裡，你知道這女子在不同男人身畔虛應言語，強顏說笑，是她的工作！你卻願意自己是這處煙花迷亂的角落裡，唯一清流君子。時間疊聚情緣，你們慢慢有了較深入的交談。她不再對你戴面具，並且期待在轉你檯時鬆下面具，喘口氣，說一些真心話。

你們開始談山水，在酒綠燈紅的斗室內乘言語輕舟，泊放五湖四海。她幾次亮亮粲粲的要求你帶她出遊，但酷愛山水的你，因為已婚的身分，年齡的差距，仍然選擇獨行。直到在某個星光滿天的夜晚，某處空曠的山海之間承認——她是心頭的一個小小包袱。

總是自認和阿珍由初識起，即迥異一般歡場獵艷模式！你秉持風骨，真心換真心，而不再拒絕單人旅行裡有她作伴，竟是歡喜她彷彿百靈小鳥般破出牢籠，飛入山水時的驚奇婉囀。

她把你原本安靜思索的行程，轉換成戲水逐浪、攀崖泛舟的動態嬉遊。另外喚醒的，還有你步入沉潛中年後逐漸失去的銳氣。

2 無情的情人

第一藝術是文學，第八藝術是電影的聲光畫面，你寫作出書，以擁抱第一藝術為榮，下筆行文時堅持文學志業，不肯媚俗。阿珍這俗世女子則好奇好強，對藝術只肯遠觀讚賞，不肯沉迷，理由是會餓死！在這方面，你和她有著最簡單的交集：看場電影。

過期的好片，她帶你到影視小廂房裡看碟片，院線好片，你們趕第一場午夜場。她會先去看影評，看廣告，而且標準挺苛刻！大卡司的商業片，未必吸引她垂青。《鋼琴師的情人》、《瑪姬王后》、《屋頂上的騎士》等等浪漫文藝片，則極力推薦。她說她找不到夠水準的朋友共賞佳片，老纏著你陪她看，並且要你說感想。

她的偶像是梅爾吉勃遜和約翰屈伏塔，只要你肯認同這兩個巨星的演技和風采，她會在電影院裡，放肆的把唇印烙在你的臉頰，以表示感激。

看《英倫情人》這部片子，你第一次發現這個飛揚佻脫的女子，也會掉淚！

男主角火劫之後，破碎醜陋的臉上那一雙深情的眼睛，貫穿整部影片，你說唯有深愛過的人，才有如此憂傷的眼睛，而男主角肯活下來，只是想把生命中最美最真的愛情，細心回憶一遍。當回憶結束，照顧他的護士含淚注射嗎啡時，男主角的眼神好遙遠，好遙遠。

千山迢遙，魂飛苦！如果魂魄之說屬真，那一刻，男主角應已魂飛千里，低呼相尋女主角的一縷幽魂。

看完電影，你們找一家咖啡雅座，繼續討論情節。她紅著眼睛聽你的觀後感言，忍不住又掉淚。你微笑著替她拭淚，她說看到這兒不掉淚，是真正鐵石心腸的人，她因此判定，你就是無情人！你已對愛情免疫！她決定要很放心的招惹你這個無情的情人。

對於她似真似假的挑逗，你通常一笑置之，在行為上你已冒險靠近情愛漩渦，不讓言詞一起淪陷，是你唯一的清醒。

牽著手，夜遊黃金海岸，枕著肩膀，共賞纏綿悱惻的影片，甚至在她上班的KTV裡，以情人的姿態依偎繾綣，半年後，你那心頭一點清明，依然能夠禁制情火燎原。

因為你懂她的過去、現在，也參與了她對未來的規劃。

世居南化山鄉，她是山裡長大的孩子，聰慧和野氣是她由小到大一直跟隨的評語。憑著好成績，考上府城一流高中，卻因倔強的想幫家庭擔生計，畢業後即離家獨自租屋求職，進入傳直銷行業。

她憑藉著牡羊座領導統御的天份，一路高升到所謂的紅寶石、鑽石等決策層，這種類似老鼠會的直銷事業，讓她開始時獲利頗豐，她把錢拿回去給父母蓋房子，並且為她原本貧困的家庭，圓了一個奢侈的夢想，分期買了一輛進口轎車。

等到她所屬的傳直銷事業，毫無徵兆的宣布倒閉，她的貸款和債務，一下子成為她無力抗衡的負擔。年輕艷麗的這名女子，就這麼讓她原本沉淪煙花的堂姊，帶領進入火海，親身體驗奢華社會的另個黑暗面。

她天真，卻也霸氣十足的在煙塵繚繞的環境裡，維護自己冰清玉潔，把坐檯伴唱定位為一般服務業。她以慧眼挑選客人，以義氣結交朋友，任何額外的干擾或誘惑，一律封殺！你初涉煙花，亦俠亦狂的文人氣質，她說一眼即能看穿，正是一個值得信賴的朋友。

當「桌邊公主」的時間，她預定兩年，兩年一滿，將和這場所徹底決裂！連記憶也要拿「立可白」抹去。她希望你幫她，陪她這兩年，不能放手，不能遺棄！

未來，她規劃出一條條可能走成女強人的路子，你一樣樣替她否決！只告訴她兩個字：婚姻。

你同意適婚年紀的女人進入婚姻，才是正軌，也保證，滿兩年，她專心尋找一生伴侶的時候，你會自動消失。不管這段情路，走成什麼風景，誰都不准回頭。

3 後現代牡羊女子

男女之間，用盡言語劃分界線，是不是就能保證情愛枝葉不會萌芽蔓生？就如同所有情侶間的海誓山盟，說時句句當真，能白首偕老者，比例多少？

你重信守諾，視阿珍為紅粉知己，情愛波濤只許它在心頭翻騰，你努力的以理智築堤，圍堵情感氾濫，阿珍卻自誇善泳，肆無忌憚的拉著你，行向險巇海域。

二十七歲生日那天，她說只想安安靜靜的過。逃開客人的鮮花蛋糕，獨自駕車過來尋你。夕陽未落，她臉上有著少見的寂寞暮色。

你上了車，她說：「我想去一個地方，陪不陪我？」

「無論天涯海角！」你故意輕鬆的說：「剛下班，今天的工作超重量級，我會打瞌睡，車子妳開。」

她把車子開上高速公路，急馳向北！路，彷彿無窮無盡！原本假裝睡著的你，忍不住問她：「去哪裡？明天我可沒請假哪！」

她露齒微笑，斜眼瞅著你：「好瀟灑啊！天涯海角繞一圈，原來還得趕回來上班！放心！睡你的。」

「好吧！上了——賊車！」你的確放了心，於公於私，不能因為她而怠忽自己該盡的責任，是你的原則，阿珍了解這點。

她仍不想說話，打開車內ＣＤ音響，聽鄧麗君甜柔的老歌。你放低椅背，睡了一覺醒來，車子正在寬闊山路上盤繞！車燈過處，但覺暗夜深山峽谷，影影幢幢！你不改沉睡的姿勢，眼角瞥見幾個路標之後，終能串連出旅途方向——這個瘋ㄚ頭，目標竟是阿里山！

凌晨四點，你和她在祝山觀日樓下，準備看雲海日出。熱咖啡驅不散刺骨裂膚的高山寒氣，她顫抖著用力擁抱你，用冰冷的唇頰摩擦著你的臉，呵出一口口霧氣說：「對不起哦！別罵人哦！我已經很犧牲色相幫你取暖了。」

你貼著她的耳朵，低聲輕唱生日快樂歌，拿出準備好的一條碧玉項鍊，在迷濛曙色中，圈上她瑩潤的脖子。然後妳看到她收起笑意，抿緊唇，仰頭瞪著你的大眼睛裡，盈盈水光的淚意中彷彿有朵小小的焰苗，跳動！

雲海飛絮，依稀呈顯柔軟多變的容顏，山脊稜線，也逐漸描出它蒼黑色的剛硬輪廓，當遊客擠向石台邊緣，等待破曉的第一道陽光，阿珍扯著你的臂彎，脫離人群說：「回去啦！我已經不愛看這個太陽了。以後心情不好，找你就行！」

回程輪到你開車，阿珍才透露，她考慮離開那家ＫＴＶ。

你由她的言談舉止，察覺她的惶惑和恐懼！一定發生什麼事了，才會讓這個倔強的牡羊座女子打退堂鼓；讓許多人要幫她慶生的綺麗夜晚，放棄掌聲，逃到深山。

盤旋山徑，直奔紅塵，自兩千公尺的高山，兩個小時後回到平地，唯一強烈的感覺是溫差，原來的蕭瑟清冷，一轉為浮躁燠熱！阿珍也把她前兩個晚上發生的事情，細說分明。

她喝醉了，但那種感覺又不像醉，只是一段空白。她記得有一檔熟悉的客人，在包廂裡藉酒裝瘋，半強迫的逼著她喝下一杯高粱酒，才准她轉檯！她很清楚，她拒絕客人動手動腳的態度，和堅守自己尺度的言詞，都太嚴厲，很讓那些人下不了台。一杯高粱酒算賠罪又能脫身，她知道自己酒量承受得起，誰知道一杯喝完，竟然會走不出房間。

她懷疑那杯酒被動過手腳！她站起來時只覺一陣暈眩，就此不省人事。醒過來已是三個小時之後！在小姊的休息室裡，那三小時，完全沒有記憶。

堂姊後來告訴她，她醉倒在包廂沙發上，那些客人原本叫囂著要剝她衣服，說要讓最驕傲最高貴的公主難看！還是店裡的老闆和少爺們出面勸阻，才沒出事。

她說那一段空白，像恐怖的夢魘，她只要想起就忍不住發抖。

你了解那種場所，鄙陋的人心在那奢迷狂亂的深淵裡浮沉，是非善惡曖昧難分。你替阿珍也捏了把冷汗！任何差錯，就是身心俱毀的劫數，所以，你鼓勵她跳出來，馬上離職都行。你嚴肅的告訴她，高利潤的行業，必有高風險，而最是情色行業，一賠出去，就沒有翻本的機會。

「還差半年，和我原本的計畫。」阿珍蕭索的神情裡仍有一絲倔強：「也許我不該認輸！經過這次經驗，我會更懂得如何保護自己，我先休息幾天，好好想想。」

你專注的掌控方向盤，不再多言。過去，急切追逐金錢讓她揹負債務，如今，好勝逞強的個性，讓她仍思冒險一搏，後現代的牡羊女子，自有她的人生觀，而且難以改變。你微微心疼，微微的心酸，只盼她半年後真正拔足火海時，不留一絲憾悔的痕。

「還有一個理由！」她把你放在排檔桿上的右手拉過去，貼著她的臉：「離開現在的工作，也就要離開你！我還不想失去你——這個朋友。」

4 冰封的湖面

雨，斷斷續續下了幾天，泥濘了工地施工現場，也泥濘了你的心情。

無法追趕工程進度，閒得慌了的夥伴，又呼喝著去唱歌喝酒，你跟著去，繼續捧阿珍的場，點她坐檯，情愛像漸漸蔓延的泥淖，你不喜歡眼睜睜看著自己一步步陷落。

或許阿珍也是。你一去店裡，她就不再轉檯，她的眼神迷惘熱切，身軀柔軟甘願。你抗拒她情人式的依偎擁抱，故意以朋友的姿態和她交談、唱歌，以及灑脫的說再見。

颱風即將登陸的前一天，外頭風狂雨驟，你在包廂裡跟她談天氣，聊你曾經見過的，

「天風海雨」的天候異象。

當颱風還在外海幾百公里處盤旋，你路經恆春濱海公路，看見天風推動巨浪拍擊岩岸，浪花散碎如雨如霧，瀰漫整條公路，驅車海雨中，能夠逼真貼近山海的雄渾壯美，你預估，這幾天恆春濱海公路，就是「天風海雨」出現的時機。

感覺阿珍突然晶亮著眼睛，她笑著說：「我出去一下，去請假，明天我要看天風海雨，一定要看。」

等她回來包廂，她已經換好牛仔褲和布鞋，洗清了濃艷的夜妝。她邀你一起去，希望你當她的導遊，如果你拒絕，她會學你獨自一人出走山海中漫遊。

你終究不放心她一個女子暗夜開車，陪著她頂風冒雨，由台南直下楓港，夜半時分，半島風聲雨聲更響亮，你把車子開進汽車旅館。

一道鐵門落下，點燃盞盞明媚燈光，你倆依偎在窗邊的貴妃椅上聊著，並肩傾聽戶外綿綿密密的雨聲，誰都沒有勇氣靠近賓館正中央，那張魅惑的圓床。

夜最深沉的時候，連風雨聲都疲倦了，她窩在你懷裡睡著。秀髮凌亂，半遮住白皙臉頰，你撥開髮絲，看見她紅唇微啟，聽見她細細鼻息。她的呼吸在你肩頭頸旁流盪熱氣，薄衫下年輕飽滿的胸膛，在你的胸口起伏，你不敢動也睡不著，害怕驚醒或圈堵不住漸漸爬升的綺思！

海隅小鎮風雨之夜，這年輕女子對你毫不設防！情與慾在你身體深處交戰，你滑過她臉頰，探索她柔軟峰巒的手，終於停留在她腰臀稜線上，不動！慾念奔騰若脫韁野馬，你總算能夠讓牠乖乖回籠。

把她抱上床鋪，替她蓋好薄被，並且和衣躺在她身邊，長長吁口氣，但覺放鬆的身軀，迅速讓疲倦睡意占據。迷迷糊糊間，還記得她踢開棉被，偎到身旁，咬著你的耳朵，帶著笑意輕輕的說：「你好辛苦，也——好無情！」

只覺得當時，自己像冰封的湖，表面光滑冷凝，不起漣漪，內心狂潮暗流洶湧！

你是決定不再招惹情愛了。隔日醒來，出門前阿珍說要洗澡，賓館開放式的玻璃浴室，阿珍不吝惜呈現她秀美凹凸的身軀，你只有滿心的感動。這個任性的牡羊座女子，因為自己的選擇而奮不顧身，但你必須讓浪漫停留在理智邊緣，你疼她寵她，幫她擦乾身體，吹乾頭髮，只能如父如兄般的感情和感覺！你的身分和必須擔負的人間義理，都可能將她捲入外遇漩渦裡飽受折磨。

你若無情，緣於不忍！

一整日，半島風雨未曾停歇，你們循著濱海公路，穿梭於天風海雨之間，巨浪怒濤，入眼入耳，你曾掀動的情海波濤，卻漸止息！依舊牽手並行，依舊喁喁細語。阿珍眉眸間，你也察覺了一種壓抑的、淡淡渺渺的辛酸浮盪著。

人世道義責任掘出鴻溝，跨不過，疏離冷漠慢慢成形，分手成了或早或遲的必然結局。

是該分手的！趁著愛火情苗尚未轟然化作烈焰之前，你和她都還有機會，逃離焚身的命運。

你送她回去，在她獨居的小套房前止步。她返身擁抱你，像傾盡全性命的力氣！你扳起她的臉，抹去她淚珠才滑過的頰上痕印，嘆息、微笑、搖頭。

「就這麼說再見嗎？不再相見的再見？」阿珍斂眉抿唇，突然捶了你胸膛一拳，露齒咬牙說：「我們說好的，還有半年！這半年你別想跑！」

你看著她低頭取出鑰匙開門，長髮婉轉的背影，閃入門內，這一扇曾經開啟的厚重木門，在你眼前，慢慢慢慢，關閉。

星座情事之女蟹篇

0

隨著潮汐往來而改變情緒的女蟹，簡直就是用來測試男人神經有多大條的實驗品。

由於巨蟹座的守護星是月神，因而心情難免如月般陰晴圓缺，再加上出生於一年四季中，雨水最充沛的季節，時而毛毛細雨，時而雷電交加，更助長了心情的起伏高低。

還好，女蟹記號是那強而有力的雙螯，象徵雙手擁抱著子女的母親，所以，母性愛正是女蟹與生俱來的魅力之一。

關於愛情，花花公子是天敵，他總是有辦法讓女蟹走出硬殼，赤裸裸的投身他深淵般的懷抱，讓關心她的人，捏把冷汗！

這是宿命！好男人通常沒有足夠的溫柔和耐心，去安撫既敏感又固執的女蟹。

1 逃婚貴族

荒莽的深夜。

月亮像被利刃剖開的半面圓鏡，懸在西邊路樹頂端，淒冷月光映得一排樹影彷彿沉睡的鬼魅。一隻野狗夾著尾巴，在路邊抬頭望著遠處那兩盞漸漸逼近的貨車車燈，猶豫著要不要橫過馬路。

貨車司機嚼著檳榔，強睜一雙滿布紅絲的眼睛，凝視著車燈快速吞噬路面，眼角瞥見半邊明月，正自樹梢隱沒，他微微低頭看錶，凌晨兩點。只要一過前面小鎮，卸貨的工廠馬上就到。油門才一踩深，車燈亮光裡，突然出現一隻野狗！他低低詛咒一聲，按下喇叭，踩緊煞車，野狗倉皇回到路邊，大貨卡險險呼嘯而過。

喇叭聲和輪胎磨地的銳響，劃破夜幕，在空氣中波湧、擴散，尾音低空掠過小鎮邊緣的一排三樓房舍，消失於寂靜曠野中。

這一排住宅最邊間，二樓主臥室的窗口，突然亮出一扇暈黃燈光，然後厚重窗簾緩緩拉攏來，又將這扇窗口的燈影遮斷。

屋內，皮膚皙白、細眉薄唇的美麗女子，雪美，拉好窗簾，將暗夜惱人的喧吵推出窗外。她從冰箱裡拿出一瓶玫瑰紅酒，一只高腳杯，回到梳妝台前坐下，倒酒，喝乾。再倒滿一杯，怔忡的看著鏡裡睡意模糊的女人，疲倦的唇頰慢慢紅豔開來。

又是一個失眠的夜晚！

她的細眉緊緊鎖住困惱憤怒，眼神卻有幾分軟弱淒涼。十一點半上床，她關了所有的燈，只留窗口那片淡淡月光，然後告訴自己，該睡了！明天不能一副失眠的樣子去見他。半小時後，她起身按下床頭音響的卡帶音樂，期待漱石流泉般的小提琴旋律，把自己飄入夢海。再半小時，她關了音樂，換上一卷般若波羅蜜多心經，跟著低聲曼吟，但願梵海潮音能夠梳理反覆掀動的愛恨波濤，睡它一個無嗔無怨的好覺。

也許，怨與恨山高海深，她依舊是個站立偏峰懸崖的人。再次關掉音樂，將身軀躺平，放軟，深呼吸，那是進入前世記憶的自我暗示催眠，無法度化的今生過客，也許該在夢的底層追索自己的源頭。放鬆額頭肌肉，放鬆肩膀四肢肌肉，放鬆攀摘紛擾塵緣的雙手，讓深遠的呼吸，帶領意識滑入夢境，在那無邊無際的黑暗盡頭，會有一圈微光，照亮一扇門……

她正想推門！是那一聲該死的煞車聲，將她的魂魄拉回暗室床鋪上的軀體。

酒意在雪白的頰上燒灼暖色，她捧起酒杯一口喝光，熄燈，重新躺回床鋪，閉起眼睛。

不可以睡不著，不可以！她重複的提醒自己。眼簾外卻出現一張男人的臉，黑暗中那一雙眼睛依舊深情動人，耳裡清清楚楚的迴盪著那一句話：「明天，明天晚上六點，這棟大樓的地下室餐廳，我去幼稚園接佳怡時會一起過來，她想念媽媽，我卻一直找不到妳。」

曾經，懸崖邊緣，縱身一躍！她哭號著與人世訣別，離開丈夫，也離開女兒。離開丈夫的力量來自於蝕骨銘心的怨，而離開女兒時，卻是一路碎斷肝腸。

她是一個逃家的女人！她不願意為了兒女家庭，而縱容一個心已叛離的外遇丈夫。

今天中午，她在那間大樓銀行門口，被丈夫輕輕的攬住腰，回眸相望的一剎那竟如此驚心動魄。是偶遇，也是重逢，她在整個身體僵硬之後察覺一顆心突然如此柔軟，臉上的倔強冷漠還未成形，盈眶淚眼已先洩露祕密。丈夫說：「雪美，回家好嗎？一切都過去了！佳怡和我都一直等著妳回來。」

丈夫溫婉依舊，也依舊風度翩翩！柔聲細語仍然叫人怦然心動，但同樣的言語態度，他對多少女同事，多少歡場女子展現過？他的甜蜜言語裡，究竟還有多少真心？

睜開眼睛，感覺窗簾縫隙微微透進月光，綁著兩條小馬尾的女兒，神情淒楚的出現在丈夫的身邊。三個月了！她幾次躲在女兒幼稚園的欄杆外，看著女兒燦亮的笑臉而偷偷掉淚。她也明白，只要自己肯回家，就能夠緊緊抱住女兒，傾聽女兒稚氣嬌嫩的叫喚聲。

當愛情和親情背道而馳，她要追往哪個方向？

或者，就讓三個月變成三年，變成十年！讓自己永遠成為逃婚貴族，雖寂寞但無牽無掛的任由紅顏漸老。

醉意漸湧，她腦中慢慢變成一片空白。在失去意識之前，她彷彿看見女兒眼中強烈的祈求和不捨。

2 溫柔鎮定劑

畫一張工廠客戶資料表格，整理客戶新舊檔案，一整個早上老是按錯鍵盤。經理不在，她在第N次失手後，嘆口長氣，索性暫時關機。

念頭千迴百轉，猶在心中懸而未決，她的困惱情況，好朋友阿英看入眼裡。她說：「雪美，怎麼啦？看妳今天心事重重？」

阿英是個溫柔貼心的小婦人，和她無話不可說：「被老公不小心碰上，他約我今天晚上見面，我不知道要不要回去！」

「依我了解，妳才是個難纏的女人！妳老公不會跟妳攤牌，所以，見個面和回不回去沒有關係，妳知道的，其實妳應該去面對，事情才能真正解決。」

「他要帶佳怡過來，我好久好久沒抱抱她了！阿英，我不要丈夫，妳幫我想辦法搶女兒。」

阿英微笑瞪眼：「巨蟹座的兩隻螯子，是拿來擁抱和保護兒女的！妳怎麼專拿來攻擊枕邊人？雪美，不要弄假成真，只聽妳說，我還是覺得妳錯得多，妳老公錯得少。婚姻建立不容易，毀棄卻很快，妳要好好想清楚。」

「他拈花惹草的個性從未改過，我不要這樣的婚姻！」她忍住椎心的疼，淡淡的說：「我才不做一個礙事又礙眼的黃臉婆。」

「是喔！黃臉婆？妳在說我嗎？我可沒見過像白雪公主一樣漂亮的黃臉婆。」

她把桌上的便條紙揉成一團，朝阿英丟去，阿英接個正著，丟進垃圾桶，慢慢的說：「說真的，雪美，懷疑和真相，距離有多遠？妳親眼看見了嗎？他們在床上？」

的確沒有！但男女婚姻情愛，又怎能墮落到捉姦在床的不堪場景？她寧可相信直覺，婚前，丈夫就有一大堆女同事女朋友，卻信誓旦旦的說她雪美是唯一珍愛，任誰也無法取代！那時候，怎會信了那庸俗無比的誓言：在他生命的天空裡，群星萬千，雪美正是獨一無二的皓月。

明月在婚後黯淡了嗎？尤其在有了孩子之後，是不是星空中千萬深邃光點，都變成了值得探索的神祕？所以，總有那麼多女孩子要找他吃飯看電影喝咖啡，也總有傷心的女孩會在電話裡向他哭訴心事。

他優雅寬容的聲音，他的耐性和疼惜的溫柔，原本是她雪美的鎮定劑，現在卻只拿來治療其他女人的情緒！為他洗衣做飯，一生作伴的牽手，又多久沒有感受到憐愛和呵護了？

巨蟹座雖是情緒最不穩定的星座，但自認為自己從未無理取鬧。丈夫在電子公司擔任生產部門主管，生產線上女性員工居絕大多數，她知道管理者不僅需要維持公司紀律和制度，也必須兼顧員工的心事性向，避免員工流動性太高而影響進度。她不能平衡的是丈夫把公事帶進家庭；不能忍受也許只是考慮離職的女性員工的一通電話，就可以把才吃過晚飯的丈夫，叫出去喝咖啡！兩小時、三小時，甚至在佳怡早已睡沉了，還叫她當個等門的女人。

誰又知道這是不是藉口？是男人以獵艷心態接近女人，還是女人迷戀瀟灑的男性主管？他們談論公事和私事時間比例是多少？一個故作姿態離職，另一個溫言婉語相求，像挽留一份即將幻滅的戀情，這樣嗎？

她曾經憤怒的提出質疑：「公事公辦！有人要離開，你可以要她明天辦公室裡談，為什麼非得在咖啡廳裡窩幾個小時才能解決問題？我也要離職！離開妻子的職務。」

丈夫說：「雪美，妳要講道理好嗎？她是熟手領班，我一定要挽留！她到另外一家電子公司，一定會把她的組員一個個叫過去，我不能冒這個險。」
「三個半小時耶！太離譜了！你們真的只去咖啡廳？」
「就是那家上品咖啡，妳可以打電話去問，妳究竟在懷疑什麼？」
分手前夕，她沒有打電話，直接到那家咖啡館。在騎樓陰影下，清楚看見丈夫攬著那個幾次說要離職的女孩的肩頭，女孩溫馴的靠著丈夫的肩膀。隔了一會兒，女孩坐上丈夫的轎車，一街狂亂車聲燈光，她的摩托車轉過幾條街後就跟丟了丈夫的車子。
回到家，望著睡得一臉無辜的佳怡，她心如刀割！當摩托車在長街上無力追隨丈夫的車影時，她已決心放棄這份婚姻。不願意自己在婚姻大海中，到最後一刻才發現成為被放棄的對象！趁著年輕還有力氣，她選擇自己泅泳上岸。
她開始整理衣物，丈夫回來時看到客廳的皮箱，強忍住怒氣，聲音依舊溫柔：「回娘家住幾天也好！如果我加班，我會通知佳怡的安親班。希望妳回來時，已經是好心情。」
她沒有回答！臉上的倔強淒楚和以往回娘家的神情相同嗎？一個旁騖太多的丈夫已經失去洞悉枕邊人心事的能力了嗎？還是他根本不在乎？
丈夫獨自入房就寢，不再理她！她在客廳沙發迷迷糊糊等到天色微亮，出去買回早點，放在餐桌上，拎著皮箱再度出門。

她在阿英的公司附近打電話。阿英先幫她安頓在親戚家的空房子，隔了幾天，再拉她進入公司成了同事，婚姻失意的女人最需要朋友，阿英很快替她安排另一個港灣，心事的雨雪風浪，阿英也全以微笑接納。她恍如回到少女時代，那段青春無憂的金色年華。

偶爾陪伴阿英一家人逛街，偶爾獨自一人吃館子看電影，甚至騎著摩托車回到自己家中，把沒有帶齊全的生活必需品偷偷帶出來一些。丈夫是個會做家事的男人，所以家裡仍舊整齊乾淨，好似這個家庭少了女主人，也無所謂！

那時候還有怨，有恨！並不在乎被忽視的感覺，一心一意要自己從婚姻中徹底脫身！第二個月，她專心的去尋找單身女郎的自由自在，第三個月的每個夜晚，母親和妻子的身分，伴隨著思念夜夜走入夢中，將她自夢中喚醒過來，叫她輾轉反側，睡難安枕。

漸漸憔悴，漸漸沉靜。不眠的夜晚，她關在房裡，一次次裸足涉過情愛的荊棘烈焰，她飛揚佻脫的艷麗容顏，開始塗染靜雅的底色。阿英不只一次說：「嗯！雪美愈來愈有女人味了！該打電話告訴妳老公，白雪公主長大了。」

過了三個月，脫離婚姻後再回頭審視婚姻中的自己，卻發現恨與怨逐漸幽渺難尋，甚至，想起丈夫一貫的溫雅從容，想起自己的執拗蠻橫……某些時候，她必須壓制隱微的憾悔，因為當初決裂的人，無顏回頭！

收束心情亂麻，她坐回椅子，重新開機。晚上的事，晚上再說吧！也許，讓自己以一個母親的身分去見面就行，她只想好好抱一會兒佳怡這個心肝寶貝。

阿英語重心長的說：「雪美，妳該放棄渾身稜角的外殼，用一顆信賴、柔軟的心，去對待婚姻，這才是巨蟹女人，最可能獲得幸福的方法。」

3 潮汐情人

第三個晚上了，梗在心頭的一句：回不回家？還沒有明確答案。

連著兩天，每晚十點到一點，她搬了張椅子，上去三樓樓頂，一坐就是三個小時。看著小鎮霓虹一盞盞熄滅，也看著公路上奔馳的車燈漸漸稀疏，直到整條筆直的公路，讓夜霧占據。

她的心也在尋找出路，也同樣浮盪著氤氳迷霧。

那天，她淡抹胭脂，準時赴約。佳怡甩著兩支小馬尾，跑到餐廳門口擁抱著她。小小的臉蛋滿是澄澈的喜悅：「媽媽，爸爸和阿英阿姨都說妳會回來看佳怡，佳怡等了好久好久。」

她蹲下來，清楚的問：「阿英阿姨說的嗎？」

「是啊！阿姨還幫我綁頭髮，要我變得跟媽媽一樣漂亮，真的，媽媽妳好漂亮。」

佳怡豎起食指，在唇上噓了一聲，神祕的說：「爸爸跟阿英阿姨說這是祕密，不可以告訴媽媽，媽媽，妳會不會生氣？」

是圈套，也是計謀！原來阿英和丈夫一直有聯絡，而圈套和計謀的背後，卻是要挽留她因離家出走而可能逐漸蕩逸的心！難怪阿英一聲聲都是丈夫百般的好；難怪妻子出走了，丈夫仍然不慌不忙！然而，在這段期許妻子和好友蛻變的過程裡，需要丈夫和阿英多大的信任和包容？

她把感動和一絲絲被出賣的懊惱藏入眼底，卻依然瞞不過丈夫：「佳怡這丫頭，一見面就掀底牌。雪美，她是妳生的，她的單純剔透全遺傳自妳。」

推開丈夫伸過來的手，望著仍舊讓她心迷神醉的丈夫，說：「吃飯，吃飯，我肚子好餓！佳怡，妳要吃什麼？妳最喜歡的雞腿飯好不好？」

「爸爸點好了，媽媽是魚排飯，我是雞腿飯！」佳怡滿足的回答。

平凡的言語，簡單的餐點，她彷佛重新體認家的溫馨甜美。一餐飯下來，她聽著丈夫訴說公司女性員工的管理難處，也聽他應用領導統御的一些手段，撫平員工情緒，他還是會和員工偶爾聚餐傾談，但她居然發現，以往最難忍受的事情，如今卻雲淡風輕，心湖不曾波動一絲漣漪。

在佳怡專心啃著雞腿的時候，她詢問丈夫，知道阿英每隔兩三天就會和他通一次電話，告訴他所有她的生活和心情。他說得情深愛真：「雪美，我不去求妳回來，只是因為了解妳，婚姻中親情歸屬的淡美，妳一直認定它為情愛褪色。因而猜疑、妒恨、易怒等負面情緒，汙染了妳絕美的心靈！我願意冒險讓妳過一陣子單身生活，期望完全不受干擾的思考，慢慢沉澱婚姻的雜質。雪美，但不能太久，我怕佳怡會有疏離感，也怕我真的失去妳。萬一妳遇上第二個像妳老公這麼優秀的男人，我怎麼辦？」

像花花公子般，周旋於女人堆裡的丈夫，原來他的一顆心，從未叛離過。

也因此，臨別時女兒問她為什麼不回家？讓她不知如何回答。還是丈夫打了圓場：

「佳怡，媽媽隔幾天就回來，我們回家玩疊疊樂。嘩！這一次一定是爸爸贏。」

昨天上班，她狠狠的捶了阿英好幾拳！阿英也不解釋，只遞給她一本書，一本西洋占星術的星座性格分析，微笑著說：「陷害妳嗎？我不覺得。回歸一個原就幸福的婚姻，絕不比當單身女郎差。問題在於妳沒去摸清楚老公的基本個性，又太放任自己的情緒！看看這本書吧，尤其妳的巨蟹座。」

晚上，她好好的讀了丈夫的星座和自己的巨蟹。丈夫的確是個極端顧家的好男人，而且對於美的事物有獨特的鑑賞能力，反應在情愛上則是痴心，像藝術品的收藏者。阿英特別在這句話旁註解：「雪美最是值得典藏珍愛的藝術品。」

巨蟹座上，阿英拿紅筆標出一句：「潮汐情人。」

深受月亮牽引而改變的潮汐，就是女蟹的心情！潮來潮往，是愛是恨常在一念之間。而女蟹在處理事件時，最麻煩的就是她自己不明白到底要什麼？什麼才是她生命中最重要的？

應付女蟹的這種潮汐心情阿英圈出一句：「放過她！讓她靜一靜。她才能夠釐清事情的輕重緩急。」

她帶著微笑掉淚這真是自己的宿命性格嗎？而阿英和丈夫竟然就信了書上這些概括性的言語？她想起當初離家時決決裂的心情，那時候，任何勸導或挽留，也的確只會引起自己的反彈！如果丈夫所謂的冒險，竟是唯一的選擇，那麼，因為自己的任性，又讓關心她的人，擔了多少心了？

今夜，她慢慢整理衣物，心中微微不捨。彷彿假期的結束。婚姻中一段單身生涯，確實是她的假期。但奢侈、浮泛歡樂的假期，絕不該取代原本平凡卻實在的生活，尤其是獨自漫遊。

整理好衣服，鎖入皮箱裡，她搬了張椅子又上了三樓樓頂。

心中一直猶豫的念頭，她清楚已經有了答案，只是現在換成——怎麼回家？

清清冷冷的郊區公路，仍然瀰漫著薄霧，路樹、街燈，卸下白日喧囂的面目，浸潤在流盪的夜霧裡。第一次發現，深夜的公路其實很美！白色、黃色、紅色的反光貓眼鑲在黑色的路面上，筆直的伸入黑夜盡頭，點點亮光纏綿成線，把單調的公路長度，織梭出深度！公路的美，必須先靜下心來，換上黑夜的角度，才能賞析。

她突然想到，該怎麼回家了。

如果潮汐情人的性格，曾經掀動家庭婚姻的浪花，那麼，且讓自己一顆心，潔淨如退潮後的沙灘，任何腳印都不曾留下，像什麼事都沒發生過。明天，帶著笑容回去煮晚餐，等待丈夫從安親班接回佳怡，再點燃燭台上的蠟燭，讓最喜愛燭光晚餐的佳怡，率先漾開花般笑靨。

丈夫？也許——換上那套粉色床罩被單，調暗壁燈，不說一句話的鑽入他的懷中，讓柔軟的身軀肌膚，一寸寸詮釋愛與思念。

半圓的明月，含羞躲入雲彩裡，逐漸爬升的綺思，正在她那瑩潤如玉的臉頰上，悄悄染出一抹桃紅。

星座情事之水瓶篇

0

水瓶女子誕生在一年當中最寒冷的季節。

冰天雪地，萬籟靜寂的人格，與生俱來。冰消雪融之後的百花齊放，屬後天培養的個性，當然，必須是愛情春風吹襲過一陣子。

她的記號是流浪的水，意味著知性的甦醒，理性的探索。這個星座的女子就像等待裝水的空瓶，因而求知慾特別旺盛！但知識若成了經驗法則，完美光滑的水瓶就會變成一座攻不破的城堡，冷凝陡峭，難以攀越。

愛情和她強烈的求知慾和好奇心有關，一千朵玫瑰比不上一句妙言雋語更讓她動心，一個神祕而智性美的男人，才有可能叫她心慌意亂得甘甘願願。

1

第一戒：
不能改變容貌，
但可以展現笑容。

白花花的陽光，斜斜照亮長街兩旁店招，早市已近尾聲。她收起傘，走入陰鬱的市場巷弄。

市場內，人潮逐漸消散，水銀燈一盞盞熄滅，小販開始清洗他們的菜攤肉鋪。冷白磁磚上，碎骨肉屑和枯敗菜葉讓一道道水柱沖入淺溝裡，整個市場，蒸騰著潮濕、酸腐的氣味。

那氣味，血腥暴戾！是這修羅場裡枉送性命的雞鴨魚蝦怨氣所積！她心中默念佛號，一步步跨過骨肉血潭，素靜秀氣的一張俏臉仍然掛著好看的微笑。
她和急著收攤打掃的熟人一路打招呼，笑容更燦爛。
「福仔叔，生理卡好喔！今仔日卡早收市。」她的語調歡暢親切。
「差不多啦，素貞仔，妳哪會愈來愈水！妳素食店的菜蔬攏款好未？」賣豬肉的粗壯老人，裂嘴笑著回答。
「同款差不多好了。福仔叔，吓暗來我店內吃素食，知影無？你愛減肥啦！我有賣你最甲意的酸筍。」
「會啦，好啦，你有講，我一定去。」
她像個殷勤的女主人，跟市場的叔伯姨嬸們，一個個訂下了午餐或晚餐的約會，並且彷彿懂得每個長輩喜歡的口味，然後走到巷口鄰街的乾貨舖裡，把缺的香菇海帶等雜貨辦妥。
她的「慈慧素食館」，就在乾貨舖的斜對面。
三年來，慈慧素食館成了關廟小鎮附近，尼庵禪寺的師父們常來用膳的地方。用膳後師父們說法談禪，她微笑著旁聽，並且以鄉土言語轉述給村夫村婦聽。佛學哲理，慢慢融入生活中，心，自覺是虛空的瓶子，注入智慧慈悲的清泉後，法喜充滿。

提著一包香菇一包海帶，笑著跟店老闆道別，她橫過街道回到自己店裡，很快的把乾貨放入溫水中浸泡。待會兒就得開始炒菜，這一段等待乾貨泡軟的時間，可以打開冷氣，讓室內溫度降低，以及靜靜冷冷的翻一頁佛經。

意馬心猿，靜不下來！思緒忽遠忽近。她想起一雙深沉的眼睛，也想起當初發願經營素食館的一段因緣。

那個好似世情洞悉的男人，就是這麼問：「當初下決心持齋開店，有理由吧？這麼年輕寂然問佛，丈夫和孩子你能說服？」

世居台南安順，貧瘠的沼澤鹽鄉，讓童年生活變得困苦，父母為了生個男孩傳承香煙，卻連生七個女兒！她排行第五，自小，她特別有大姊緣，大姊也特別呵護她，前面四個姊姊都僅小學畢業，即下田幫忙農事，她因大姊極力向父母爭取，才順利上國中就讀。和大姊的情感，比父母還親，她全心全意依戀著大姊。後來，大姊嫁出去，姊夫憨厚老實，也同樣的寵她。這種感情一直到她遠嫁山鄉邊緣的關廟，仍然不曾改變。

四年前，大姊夫竟然得了妄想症，老覺得有人要追殺他！大姊說她常常半夜醒來，發現姊夫縮在牆角，渾身發抖，那眼睛，像逼入籠子裡的小兔子一樣，通紅、陌生、恐懼和乞憐！

姊夫被送進療養院，醫院怕他脫逃，只好將他綑綁。她陪著大姊去醫院，看見又高又壯的姊夫，攤開四肢被固定在床鋪上，手腳持續不斷扭轉牽扯，紅腫瘀血。瘦小的女護士瞪他一眼，他馬上停止試圖掙脫的動作。大姊夫的神情，讓她想到解剖台上的小動物，連憤怒的勇氣都已喪失，她忍淚輕聲撫慰，卻聽到姊夫嗚咽的要求她：「阿貞仔，我想回家，妳叫他們不要綁我，我要回家……」

離開醫院，她忍不住淚如滂沱雨下！但覺人間火海，多少痴迷心魂在嘶嘶烈焰裡火化成灰，前世業障，化作毒蛇，還在今生暗夜吐著紅信，追索冤親的聲息氣味。

她那時候在市場邊一家自助餐幫傭，閒暇時會到寺廟裡誦經禮佛。寺裡師父提過幾次，勿再沾惹葷腥！勸她自己尋家店面，自營素食餐館。財色名食，原是最魅惑的人生迷幛，以「食」一項，由口而心，澄清世人肚腸，也是功德善行。

她聽勸，唯唯諾諾，卻一直沒下決心。療養院回來，她在佛祖面前哭訴，願戒口持齋，開設素食店作大功德，只求至親摯愛的一縷迷魂，尋回歸家的路途。

三年了，無邊闇暗苦海，黑霧未散！姊夫和大姊仍在天堂和地獄擺盪，在家和療養院間重複烙下步步血痕。

三年，她沒有怨悔。也許姊夫累世業障，必須今生的軀體化做劫灰，才能還清。而一家素食館，能夠讓她近佛問道，自耕一畦福田，每每細品案頭佛書，總叫她生歡喜心。只有婚姻，婚姻才是她今生冤孽！纖秀的眉毛微微低垂，嘴角抿出隱約笑意，一點點淒涼，一點點澀苦。她只朝那男人說出開店的因緣，故意不提自己丈夫，那男人竟然也當作沒問，輕易岔開話題。

卻是為什麼？總覺得那男人的一雙眼睛，早已識透她的心酸。

她望著玻璃門外，熾烈陽光中或急或緩的行人，行人腳下追逐纏繞的影子，愈來愈短，愈逼愈近。業障因果，面目俱無，卻如影之隨形，須臾不離。丈夫！她早已將他當作今世必須還的冤債。

她早已調適好心情，告訴自己，以滿面笑容，逆來順受。

2

第二戒：

不能控制他人，

但可以掌握自己。

「三十五元，感謝您，阿彌陀佛。」

「來，福仔叔，算您四十就好，酸筍有炒辣椒，你試看覓。」

「小姊，妳第一次來吃素食，是不是？三十五元，妳吃得太少了，這一樣素肉豆腐讓你試試，算是見面禮。」

「阿彌陀佛，師父晚安。這一餐弟子供餐，真的，弟子不敢收錢，阿彌陀佛。」

「魏大哥，你好久沒來了，我正想打電話給你，五十元，你出國去了嗎？都不來找我？」

薄敷胭脂，娥眉淡掃，她素衣長裙招呼用餐的來客，甜膩、不設防的言談態度，有著親人骨血般的熱情。世居山鄉小鎮的居民，和她的夫家，總能牽扯出來遠遠近近的親戚情誼，她招呼得彷彿一家人，甚至一些外客，來過一次素食館，也很快的成為常客。

正在興建中的第二條高速公路，通過小鎮外緣，有幾個固定來吃晚餐的工程人員，有些豪氣，口無遮攔，她巧笑倩兮的回應他們戲謔的言語。有人說：「吃素食，不習慣，衝著漂亮女老闆的微笑，捧場來的。」有人說：「做工程的漢子，大口喝酒大塊吃肉，換成青菜豆芽，並不是素食好吃，而是端菜添飯的人兒秀色可餐。」

她清楚察覺他們眼底的讚賞，尤其是魏大哥，偶爾會出現幾許迷惘。更痴迷的是一個喪偶的醫師，那個富有而寂寞的老醫師，甚至問她需不需要一部轎車？他願意毫無條件送她……

喜歡被寵愛的感覺，但她清澈的告訴魏大哥和那位醫師，一心禮佛之後，還嫌身為人妻、人母、人女的塵緣難斷難了，再招惹情愛關係，佛祖非打她的屁股不可！

和魏大哥一起來的那個男人，看不出是個作家，安安靜靜，彷彿紅塵人海，惟他寂寞獨深。他並不掩飾他那一身兼具圓滿完足孤獨滄桑的性格。有時候，他淺淺的微笑著，眼睛卻透出嘲笑的訊息，好似早已洞悉他溫柔的表象下，隱藏一顆冷冷凝凝的心。

並非虛假，亦無妄語，只是很清楚知道，自己對人世情愛，不再動心。

素食館通常只忙到八點左右，即使不是真正的佛門弟子，肯發願持齋的人生命態度比起一般世人，總要循規蹈矩一些，所謂食有定時、定量。八點過後，她會多留半個小時，等待因事延誤晚餐的客人。這半個小時，她仍會翻閱佛書，典雅肅靜如壁上掛軸裡的慈悲觀音。

然而今晚，佛經上的句句警語戒言，並未梳理她翻騰的心情，她想起和那個男人的幾句對話。

「莫怪我交淺言深！能不能請問你的星座？」

「除了寫文章，你還研究星座嗎？我是水瓶座。」

「我想也是，而且你應該是A型水瓶？那就沒錯了。有些基本性格，的確與生俱來。」

「還有呢？我要聽！你怎麼可能知道我的血型？好可怕。」

「女瓶的思考邏輯裡，情人可以像朋友，但朋友不會變情人。顯諸於外的言談舉止，雖然製造了情人的假象，其實從未逾越心中朋友的定位，這是水瓶特質。A型性格，支撐這種特質堅持到底，知道你的星座後，我比較放心了。」

因為水瓶座的特質堅定，讓他放心他的朋友不會陷入情愛漩渦，他只想確定這點嗎？

突然很想告訴他，因為進入婚姻，不愉快的經驗才讓她成為一個拒絕情愛的女人。她原本的甜蜜溫柔，被婚姻的瓶子，悶在最底層，所有的夢和美麗，都沉澱了，沉澱在最荒冷的瓶底。

也許，太早結束夢和美麗的少女時代，她根本來不及體驗情愛滋味！家中姊妹眾多，父母的寵愛全給了遲來的寶貝小弟，除了大姊，她是個缺乏溫情呵護的灰ㄚ頭。國中畢業後，進入紡織工廠，初開荳蔻甜香吸引了異性的追求，懵懵懂懂的和公司一個年輕卡車司機有了孩子。奉兒女之命的婚姻，沒有足夠的時間疊積愛情基石，婚姻的現實風雨，只能自甘認命，任憑肆虐。

當卡車司機的丈夫，奔波在外，遢逸的心還未收束在婚姻身分中吧？也許自私的人只懂得自己享樂，不肯顧及枕邊人的感受。她每次向丈夫要生活費，總有種乞討的屈辱！等生下孩子，她自己找到一家自助餐館打工，不再向丈夫伸手拿錢養家，丈夫從此也不曾為一個家庭，負起一絲一毫的責任。

一個家，成了丈夫的旅店！午夜夢迴，傾聽自己單枕孤眠的聲聲嘆息，她或許曾經為所遇非人而暗自垂淚，然而，因為孩子，勉強維繫一份完整婚姻，成為自己無法回頭的崎嶇道路。

億萬悲苦世人，誰不在火海溺沉？入寺廟，直到看見諸佛菩薩真光，原來闇黑的道路，突然明亮了起來。

開闊、寬廣、對生命的體悟，從此有了另一層境界，幾年來，清清靜靜的生活飲水，逐日洗滌眉眼間一抹鬱暗，逐漸能夠秉持歡喜心情，含笑貼近芸芸眾生。

固定八點半來到素食館幫忙的秀米，開始在廚房裡刷洗鍋鑵，她嘆息起身，心頭仍浮盪著那男人一雙譏諷的眼睛，那雙眼睛，為什麼總會帶領自己沉入回憶，去審視生命道途上一路行來的深淺痕印？

去感覺，去質疑，悔或不悔？

3

第三戒：
不能決定生命長度，
但可以拓廣它的深度。

拉下素食館的鐵門，看了看錶，十點整，她慢慢的走回家。

關廟小鎮一個禮拜有兩次夜市，把小市集旁邊幾條巷道，燃點成燈光河流。忍受著燒烤攤位散發的汙濁煙氣，她挑了兩包削皮洗淨的水果，擺脫胭脂水粉的香味，江湖賣場震耳的低俗歌聲，家，就在巷弄深處。

一彎冷月，冰清無瑕，映亮樓頂瓦簷琉璃，像漠漠初雪。她把外衣領口釦子扣上，只覺得她這個人間家庭，一貫寒冷姿態。

公婆還在樓下客廳看電視，她分出一半水果，送到兩老前面，另一半，給二樓房間讀書寫字的一雙兒女，不需言語解釋，他們會認定那是她晚歸的原因。然後輕盈走上三樓，開門，反鎖，進入完全屬於她的莊嚴佛堂。

點燃觀音座前香爐檀粉，選一卷般若波羅蜜多心經的錄音帶，佛香梵樂中屈膝禮拜。

今夜的心情不適合做晚課！她循著樓梯走到頂樓，再攀登鐵梯，垂直爬上水塔基座。在這狹窄、危險的空間裡，她私藏了一塊磁磚，只要略微擦拭，就是她最清涼的坐墊，是她一方冥想的孤絕空間。

背倚冰涼的水塔，盤膝趺坐，險巇的高度，讓她有著飛翔的快意，更像駕著白雲，俯視紅塵人間的霓裳仙子。山鄉夜市，此刻正在眼底織梭一疋錦繡，稍遠處燈火漸稀，循著龍崎、左鎮的山稜走向爬升，直到和夜空中繁星匯集，散入銀河。

瞇著眼，盡情舒張肺葉去汲取夜風沁人清冷，眼前的燈光慢慢流動，直覺晶瑩剔亮的自己也像一顆發亮的星子，輾轉天上人間。

在這一刻，兒女、丈夫，事業婚姻等等縈迴盤繞的情結，隨風消逝，平波靜浪的心湖，只映顯觀音慈悲的臉，她曼聲低吟佛號，眼睛微微潤濕，觀音的臉漸漸模糊，漣漪乍起即散，那臉——卻變成有著一雙懾人嘲諷的眼睛的另一張臉。

這是觀世音菩薩的三十二應身嗎？眾生應以何身度者，即現何身而為說法，是千處呼喚，千處顯現嗎？否則，這一雙眼睛，為什麼總讓人如此甘願貼近，甘願依附？

今晚，整理好素食館，秀米先走了，她才準備離開，那個孤冷的男人卻突然出現，手上拿著筆記本，有點霸道的說：「別走！耽擱妳一些時間，想和妳聊聊。」

他說他正著手星座系列的小說寫作，一向以身邊人事物入文的他，相信每個人的背後都有一個故事，好故事或壞故事！他憑直覺判定她的故事會是一篇小說，想找她聊天，只希望小說能夠逼近事實，讓閱讀者的感動，不受欺騙。

不很明白這男人的創作理念，也不在乎能否成為小說中的主角，是那一雙深淵般的眼睛，誘引自己主動傾吐心事。

她把鐵門拉下一半，燈光熄掉一半，倒兩杯清茶時，順手按下音響播音，是一卷輕柔的梵樂：七佛頌。

那樣疏離冷淡的一個人，卻原來早把自己言談時的字字句句銘刻於心。她不再隱藏感動，像知己，更像戀侶般，應和著那男人的詢問，帶領她遍走記憶和心情的各處荒寒角落。

那一刻，但覺自己像個傾倒的甕子，撕去泥封的甕口，多久了？多久不曾在一個男人面前，讓淚和笑，如此真心，如此放肆？

男人迅速的記錄，然後抬頭微笑：「外表的光滑透亮，原來沒有驅逐內裡的黑暗，悶住那麼多委屈，豈不辛苦？」

世情俗味，輾轉成泥！十年婚姻，她已絕望得不肯回頭審視泥淖中的痕印，甚至不肯踮起腳跟，探看明日的風景，人寰如荒墟，情愛只當是斷垣殘壁裡搖曳的秋草，她一直目不旁顧。

那男人偏又問：「未來？問佛修行，仍舊是妳一貫堅持的清靜道途嗎？」

她當下說是！截鐵斬釘。

關廟小鎮的一方夜市，燈焰華火慢慢凋零，夜風清細微寒，頰上有淚痕蜿蜒冰涼！她伸手抹去，卻仍止不住淚潭溢盪。

只能說，是！

踏上婚姻險徑，牽兒攜女的時刻，即使情愛的岔路口開滿妖艷繁花，她已沒有駐足攀摘的理由。皈依佛門，藉一角慈悲瓦簷，暫時逃躲人間苦雨淒風，是唯一被允許的存活方式。

無常迅急，生命宛若花上露、草上霜，銷溶時魂散魄飛，了或未了的事，都得放手，那一雙亂人心弦的眼睛，又如何能夠——不捨？

艱難的舒伸手腳，爬下水塔，回到佛堂內屈膝拜伏。觀音兩旁蓮花燈，一瓣瓣發散著暖色光芒，僵冷的身子慢慢柔軟，霜凝雪凍的心慢慢回魂。她抬頭，恍惚看見座上觀音正垂睫俯視，悲憐含笑。

星座情事之雙魚篇

0

童話？還是魔幻？

也許吧！必須善用魔幻色彩者，才能創造動人的童話故事。

所以，小美人魚心甘情願的讓醜巫婆把她漂亮的尾鰭一剖為二，並且相信能夠和王子走上宮殿的紅地毯，從此擺脫魚的宿命，微笑擁抱她的另類幸福。

黃道十二宮最後一宮的雙魚女子，集合十一個星座的優缺點於一身，性格之多重和心思之繁複，恰似千變萬化的大海，如果她自比小美人魚，認定魔幻童話亦可成真，一點都不奇怪。

屬水象星座的雙魚，既容易在陰晴圓缺遷動潮汐的敏感中受困，也容易迷惑與水有關的某事，但最讓雙魚女子眷戀不捨的，還是——一座海洋！只有溫暖寬闊的汪洋大海，才能容許雙魚女子的心情小船，橫衝直撞。

1

我一直記得這一間佛堂，低矮的紅磚圍牆，在村外果園中隔離出一方我不敢逾越的天地。妳在裡面，黑髮長袍寬袖，合掌叩拜時總會露出一雙蓮藕般皙皙白白的手臂，很美，然而當時多情少年的我的眼底，卻只見到一片傷心顏色。

宗教浩瀚的思想領域，就是妳尋來的大海嗎？所以妳毫不猶豫的自我雙臂圈成的港灣，出走？

妳一直和這間佛堂連在一起，記憶和現實。佛堂漸漸褪去玄祕氛圍，增設了幼稚園，教導孩童嬉遊讀書的老師，全是佛堂信眾中的年輕女子，沒有教鞭，只有溫婉慈悲的聲聲勸解，習慣在父母打罵中學習規矩的鄉下孩子眼裡，妳們就似仙佛菩薩一般，叫人想靠近卻又害怕。

那時候我也是！想靠近妳，卻害怕妳漠漠淡淡的神色。「已經分手了！我的手只肯祈求菩薩接引。」妳隔著矮矮的圍牆對我說。

我坐在摩托車上，不言不語不動兩個小時，妳才跟我說這麼一句？妳聽不見我無聲的吶喊。那是我們最後一次說話，不！說話的是妳，妳一點也不慈悲的宣判愛情死亡。

我沒有勇氣跟諸天神佛搶奪妳的手！年少氣盛的我，只能不甘的又繼續守在圍牆外兩小時，然後離開。青澀的戀情，雖然還來不及山盟海誓，但妳怎麼可以說斷就斷，而且只給我這樣的理由？

不確定妳知不知道，佛堂的冷漠，妳的冷漠，二十年來從未離開過。

二十年了，我終於越過圍牆，直接面對妳些許靦覥的笑容。

「上次看到你是什麼時候？」妳說。

很久了，也許兩年，也許更久。

「泡茶，你喝茶嗎？」妳又說。不常喝也不排斥，我點點頭。妳帶我走向庭院中的大榕樹，樹底下有大理石桌椅茶几。

樹已成蔭！假日，少了孩童嬉戲呼喚，有點靜，深秋正午的陽光，穿不透如傘遮蔽的枝葉，有點冷，像悄然襲來的歲月寒涼。妳在佛堂和榕樹間來回幾趟，將茶壺茶盤一一擺上石桌，妳不要我幫忙，我只能以眼光追逐妳的長髮、妳的背影，水開了，妳捲高袖口，忙碌卻優雅的開始沖泡茶葉。

還是，一雙潔潤白皙的嫩藕！這句俗氣而真摯的讚美，曾經出自少年的我。差點脫口說出，隨即覺得輕浮而嚥下。那時候，妳有一雙美麗的手臂是真的，喜歡牽著妳的手也是真的，我們那躲躲閃閃清純稚嫩的初戀，真不真呢？

這棵榕樹長高了，開始披垂鬚根，圍牆外的果園擴展成大片蓊鬱青蔥，歲月點塵不驚，寂靜無聲的走過。果園外，我們故鄉的紅瓦屋頂還是占大部分，僻遠小村和繁華無緣，椽瓦牆籬和鄉居父老攜手共度素樸韶光，也和妳，妳漸老的紅顏。

妳不曾離開故鄉，我們一起攀折青梅，騎乘竹馬的故鄉。聽說妳結婚離婚，聽說妳獨自撫養兩個女兒，每次妳回娘家走動，總會和我父母見面聊天，流浪的我偶爾返家，也大都能夠從母親的口中知道妳的近況，以及二十年來同樣的話語：「伊問你過得好嗎？」

這一次，多了一句：「伊叫你去幼稚園找伊。」

妳推過來熱沸清茶一盞，我把聞香杯湊近鼻端，淡淡乳香，是金萱嗎？妳淺笑點頭，閃動的眼神很清楚的傳達：你常喝茶嘛！有一個喝茶的朋友說過，我老實的說。

眼底有隱約的懷疑，妳並不相信！我知道如果繼續解釋，應該會換來妳這樣反問：「我說過我不相信嗎？」

這是我們當年常常爭執鬥氣的一種模式。我覺得我已經識透妳隱藏心意，妳不但不承認，卻指控我誣人入罪，那樣狂妄多變的青春呵。

舉杯啜飲，遮擋唇邊微笑和嘆息，也許，一別多年，該問的是妳這雙魚女子波濤起伏的生命歷練。

「我不適合婚姻。」緣由未說，妳先下了定論：「以前你常說，我是美人魚，沒錯！進入婚姻對我而言，就像魚上了岸，總覺得呼吸困難，如果不逃離，我會悶死在婚姻的沙漠上。」

婚姻像沙漠嗎？愛情不能像水一樣清涼的覆蓋妳嗎？還是妳的婚姻裡，沒有愛情滋潤，所以成了沙漠？

我大略知道妳的婚姻狀況，丈夫也是鄉下地方出來的純樸子弟，在中鋼上班，固定高薪工作加上勤儉，讓他能夠很快的翻修大厝，三層樓房，貼上滑亮的白色瓷磚，在大片紅磚瓦厝中鶴立雞群般醒目！村裡婦道人家在莊稼泥田滾一身塵土時，妳卻素素淨淨的在佛堂附設的幼稚園裡當老師，在佛光梵音中梳洗心靈。庄頭庄尾誰人不說妳好命？何況還有一對乖巧懂事的女兒。

「世俗的條件下，這是一份不錯的婚姻。」我說：「選擇離婚，一定有妳的難處，旁人無法體會，是不是？」

妳睜大了眼睛：「我離婚？我怎麼可能離婚？離了婚，我女兒怎麼辦？你哪裡聽來的？」

輪到我瞠目結舌了！難道傳聞有誤？僻遠鄉間，村夫村婦即使謾罵爭吵不斷，偕老一生卻是不變的信念，又怎會拿別人離婚這種事情，以耳語方式流傳？

「我們只算分居，樓上樓下，反正房子大，多一間廚房和臥房而已。」

「那——我聽來的，妳丈夫另外娶了女人，生了兒子，也都是子虛烏有的事？」

「不假！他父母一定要他生個兒子好繼承土地財產，我同意他娶小老婆。塵緣深重，暫時我無法度化他們，只是暫時！我不出家，不離婚，是因為我還不放棄。」

妳重新泡茶，專注的動作停止了話題，一陣輕風自樹梢走過，幾片黃熟榕葉，旋轉著飄落茶几。妳低頭撿拾落葉，我才發現，妳的長髮裡，摻雜著絲絲縷縷的雪意，妳皙白的臉頰眼尾，隱隱可見青春消逝的紋痕。

竟是如此冰清決裂的放任世俗的溫暖幸福，遠離妳的生命嗎？除了宗教信仰的痴迷固執，是否另有緣由？或者，妳難道沒有考慮，如果妳的伴侶骨肉習慣潮濕溫熱的人間季候，妳一心一意帶領他們攀登雪嶺冰峰，豈不是強人所難？

我是真的如此認定，所謂天國，所謂西方極樂世界，應是宗教杜撰出來的烏托邦，卻讓信眾以假作真！其實這已是另種形式的偏執。以妳所親近的佛教而言，真相只是一種智識的傳承，鑽研一個偉大思想家的言論行止，奉為楷模而景仰效法，可以，但如果認為神佛菩薩早已替人安排一個死後世界，唯有信者才得度化入門，卻又錯了！涅槃、極樂，該是一種思想層次，而不是肉身或靈魂能夠棲息的實質環境。

我無意與妳爭辯，淡淡的說出我的想法之後，突然想到，是的，一個宗教能夠傳承千年，其思想領域確實沉深浩淼，妳這雙魚女子已在這樣的長河大海裡泅泳呼息太久，逐漸退化的雙腳，再不習慣踩踏人間世路。

和丈夫形同陌路，也和骨肉血親從此隔著漠漠水域，真的了無牽掛，了無遺憾嗎？我問妳。妳說：「愛憎怨，苦別離，我但願從未涉入過。」

細細思索一會兒，真想頂妳一句：「不負責任。」

「也許我還欠你一句話，不！應該說你也欠我一句話。這句話藏在心頭許多年，成了叫我日夜難安的魔障。」妳放下茶杯，雙手攏起長髮枕向腦後，頸項和手臂乍然亮起，魅惑的。語音微微透著慵乏，像午後陽光中若有若無的風聲。

「能有什麼事如此嚴重？還叫妳放心不下？」我很好奇，和人間決裂的人了。

「你剛退伍的時候，媒人上你家門，傳回來的話是你有女朋友了，而且同姓不能結婚，我一直想知道，是真的嗎？女朋友和你的想法？」

「媒人？替我作媒？妳嗎？從沒人告訴我這件事呀！」真的很訝異！我只知道，當兵回來，和往常一樣尋妳聊天，妳變淡漠了！言語間總帶出森冷刀鋒的寒氣，把我們那份新芽般脆弱易驚的戀情，冰封。

戀情脆弱易驚，是我們那時代的愛情面貌，一起在午後竹林下看書，並肩走向水田盡處的落日，或者，抱著吉他，相約在月光下的圳邊石橋撥弦吟唱民謠小曲，別說是相依相偎，連手都不曾牽過！村裡叔伯姨嬸的觀念裡，情愛是永恆的禁忌！可是，我總覺得，情和愛應是柔韌的絲，在妳我如繭的心中牽牽纏纏，終究會將我倆拉在一起。

妳定定的注視著我的疑惑，嘆口氣，閉上眼睛，唇角卻泛出一抹笑意。我再次追問：「所以，我們最後一次見面，妳讓我在牆外足足等四個小時？不給我答案？」

妳睜開眼睛，眼底也有笑意：「你沒問為什麼，你明明知道我難過，知道我的冷淡一定有原因，你還是不肯問為什麼？」

「那也不用跑進這間佛堂吧？當時真的覺得好冤。只有被遺棄的女人才選擇出家，問題是：是妳不理我，不是我不理妳。」我同樣的微笑輕嘆。

懂了，我們都懂了，媒人或許向我父母提過，卻因「同姓不能聯婚」的傳統觀念而回絕！在媒妁之言和父母之命仍深具權威的世代，小兒女的意見並不重要，所以我永遠不知道……

妳靜靜傾聽，微笑加深：「記不記得我們命裡註定不合？明媒正娶不行，私奔更不用說。星座，你是牡羊座和雙魚座永遠配不成一對，記不記得？」

「當然記得，我們總是說，一個陸上動物，一個住在水底，除非羊兒不怕溺水，否則美人魚必須上岸。哎，年少狂妄卻膽子又極小！我們算是互相試探嗎？那時候？」

「其實，人世不就是苦海？我離上岸還很遠，倒是你，你的路坎坷多變，奔跑的蹄聲何時才能停住？你真的跑了很多地方了，每次問起你在何處，你爸媽每次都給我不同的地址，說說你吧，我想聽。」

一群綠繡眼撲入榕樹濃密枝葉間，散開，在細枝上跳躍著翻動葉片，吱啾輕鳴，纖巧絕美的綠影，彷彿時光精靈，我們曾經靜坐讀書的竹林，黃昏漫遊的田野，處處可見成群的綠繡眼，我們一直習慣叫牠們：青啼仔。

「嘿！妳看，青啼仔，好久沒仔細看了。牠們不會老，對不對？跟我們以前看的樣子完全一樣。」我半開玩笑的說。

「我記得一句話，歲月流年，暗中偷換。無常迅急莫測，我們看過的青啼仔，不知已歷經多少劫了！我們？也不再是以前看青啼仔的我們了！」微微騷動的枝椏間飄落凋零黃葉，妳的聲音幾分蕭索。

「太玄了，聽不明白。」我願意轉換氣氛：「韶光易逝，確是今古大痛，母體內胚胎初成，從第一個心跳開始，生命就開始倒數計時，看透看破未必是好，我喜歡禪宗活在當下的說法。」

「包括你目前的生活？四處漂泊嗎？」

「應該是。」我回答。因為職業的關係，隨著工程的開始與結束，候鳥般棲息各地，前十年，或者偶有父母妻兒的懸念和萍蹤無定的傷感。後十年，習慣山水流轉。眼睛已能適應漂泊風景，並且在執筆記錄的過程中讓家人安心，讓自己安心。

而我相信妳也是！即使我偏執的認為，對宗教信仰無須太過沉溺，但我已懂得尊重任何生命志業的追尋或完成。妳任由婚姻在妳身邊的破滅碎裂而神色不動，照常生活飲水，莫說鄉間父老們無法置信，我其實也難揣測妳生命底層的動靜。

我只好替自己找一個答案：「妳擁有一座海洋了！適合妳這雙魚女子傾聽涵泳的潮音梵海。」

夕陽西下，落日自果園樹梢潑灑紅霞，妳繼續冲泡熱沸茶香，替我們回憶的言語添加甘味。綠繡眼走了，厝角麻雀從田野中返來榕樹窩巢，暮色漸起，四野蒼茫，妳那一雙瑩潤手臂，在我眼前泛著冰雪微光。

向妳道別，妳起身相送，並肩走向大門時，我轉頭望著妳眉眼模糊的臉龐，趁著夜色掩護，隱藏好想牽著妳的手的衝動，朗朗的對妳說：「後會有期。」

是的，以人世溫熱，執手互道珍重，相待合掌躬身的妳，是唐突了！再見，我童稚的玩伴，少年的戀侶，和如今絕情滅愛，斷然赴水的妳這雙魚女子。

走出圍牆，我再次駐足回頭，看著妳回到佛堂內點燈，千瓣蓮花燈，在妳微躬的背影走過後亮起，一盞接一盞。

輯 三

驚心歲月

驚心歲月

1

憑著一張舊照片找人，這樣的念頭才一興起，就讓我有點心虛。

會有這樣荒謬的想法，是受電視廣告影響來的。鄉間大榕樹下，一夥人閒坐著聊天，一個外地人拿了張泛黃的黑白相片，逢人就問，樹下有個高中生模樣的少年看了照片，抬頭朝屋子裡喊：「爸，找你的啦！」

忘記這廣告鏡頭宣傳什麼，卻硬是愛極了那種感覺——韶華易逝，歲月驚心，喜見舊友尋來，正好把臂話當年。恰巧我有張舊照片，又剛好因為職務調動，繞了十七年後竟然回到離拍照地點不遠的一處工地，最重要的是我一向就帶點文人的多情和浪漫。

很想把相片中人找出來，很想！然則我的勇氣還不是很夠。

這兒屬於山地管制區，從石門進入牡丹，必須經由入山關卡辦妥手續。我服務的工地就設在石門和牡丹之間，拍照地點則是更深入山區的東源村，相距二十公里。拜管制之賜，這一處山地，人文生態仍舊保留南台灣部落的原始風貌。原始，包括景物粗獷，未事雕鑿，因而飛鼠仍可在巨竹末梢穿梭，相思樹林內容許龜殼花出沒，斜坡的岩隙石縫，常有百步蛇蜿蜒的身影……

毒蛇多好像跟我尋人沒多大關係吧？其實我欠缺勇氣，最怕的還是人的原始，我不能確定，若是我拿著相片去找人，將會遭遇到什麼！因為相片裡我親熱的張開雙臂，圈住三個迎春花般又嬌又媚的山地小姑娘，阿珍、美貴、小惠。她們全是山村部落小學校的學生，我穿著軍服和她們拍照時，她們才小學五年級。如今，相隔十七年，想來她們應該已嫁夫生子，為人妻為人母了，我去找，恰當嗎？萬一犯了什麼習俗禁忌之類的，恐怕我就走不出那十幾二十戶的山地小村落了。未知，原本就是件挺恐怖的事。

我是喜歡寫文章，但需不需要冒著危險，去尋找寫作資料？這個問題，我把它寫在日記上。另一個問題寫著：「十七年？？？？」那一頁夾著相片，一張彩色舊照片，背景正是東源村外一片濃密的相思林，三個小女孩穿著雖說有點舊有點破，卻笑得非常開心。

最漂亮的美貴，我一向叫她玫瑰，唇紅齒白細眉秀眼，更難得肌膚若雪，真是花一樣的娃兒。小惠膚色最黑，沉默寡言，歌聲卻嘹亮悅耳，她教了我好幾首山地情歌。阿珍又野又早熟，也最會吃醋，我對誰好一點都不行，希望快點長大好嫁給我的話，也只有她敢向另外兩個小女孩宣布。

部隊駐紮在村外一個山坡地，我是班長，軍服一穿，百無禁忌，所以她們三個的家裡我都去過。冬天部隊不供應熱水，阿兵哥想洗澡得跑到村子裡要熱水，洗一次澡十塊錢，對他們是筆小收入，賓主盡歡。我那一班，賣班長面子，一定只選擇阿珍、小惠、美貴這三家交易，別家降價招呼也拉不走客人。所以，她們家人其實都滿感激我，滿尊敬我的。

然而十七年，十七年可以淡忘多少事情？跟她們家人的這一點點交情，夠我尋上山去嗎？那時候沒想到去問她們的姓，她們三個也只曉得親親熱熱的叫我陳班長、陳哥哥、我是啥名字，她們鐵定不清楚，這樣迷糊的童年往事，她們一定早就忘掉了，忘掉了如今一心想找她們的我了。

這就是為什麼我的日記上，會大大小小的問號一大堆的原因！

2

我終於決定避重就輕，不敢明察，暗訪總行吧？

選了個風和日暖的黃昏，騎著機車，我慢慢逛上東源。沒變！沿途山光水色，一直強烈的告訴我這兩個字，心定了些。

沼澤區水牛和白鷺仍相安無事，各自吃草尋蟲，水田山坡還是農婦彎腰工作的畫面，十七年前初見就迷上了這處世外桃源，現在又有了同樣的震撼！不同的是，人呢？那幾朵小山花，會在風雨晴陽的歲月裡，綻放成何種嬌豔？

小小山地村落，包括七拐八彎的村內小路，十幾分鐘就繞了一遍！往事一項項自尋回來，消除了不少因戒懼陌生而產生的疏離感覺。我仍能一下就找到她們的「娘家」，當然是娘家，女孩子長大了不嫁人究竟是少數。小惠家有人住有孩子出入，阿珍和玫瑰家則人去樓空，蛛網塵埃處處，顯然舉家遷出已久。

村子裡大人、老人、婦女幾乎都嚼檳榔，神情冷漠平靜的瞧著我，小孩子則熱情多了，對我這穿梭村落巷道的外客，揮手叫著追逐。有陣子很後悔沒帶幾包糖果來，沿途撒給他們，轉念又想，沒撒得好，任何一項突兀的行動，都可能使我尋人的終極目標，出現莫測的變化。

站在村子最高點，這座尖頂小教堂的台階上，看著許多當籬笆用的迎春花，開得跟以前一樣美，幾間粉刷的色彩艷麗的平頂樓房，夾雜在圓木巨竹鋪築的古屋中，顯得扞格不入，就像路旁那家雜貨店兼麵攤子的一對老夫婦，換了個頗具姿色的女老闆一樣，很不協調。尤其我第二次繞完東源，第二次又在她那兒叫了第二罐咖啡慢慢啜飲著，背對著她思前想後時，還能感覺她那彎而長的媚眼，刀鋒般想解剖我的銳利！

這家沒有店號的雜貨舖，當時阿兵哥都以「阿公店」稱呼，工兵部隊有做不完的工作，每個兵也有一副隨時會餓的肚子。我當值星班長時隨時臨檢，每次都能抓幾個工作時間溜出來吃麵的摸魚者。那老婦人急起來指著我大罵的那串山地話，語音又尖又利，叫人印象深刻。後來我學乖了，和顏悅色的去抓，和顏悅色的交代摸魚兵吃完麵，付完帳，再帶回部隊「疾言厲色」的罰他們跑山坡，把麵給消化掉！

至於我請那三個小女娃吃麵的時候，臉上一定寫著法外開恩。幾次以後，有些皮厚的兵會笑嘻嘻的走過來，故意苦著臉說：「班長，肚子實在有餓啦，我叫碗麵到屋子裡面吃好不好？」

最害羞、最安靜的小惠總是搶著說：「好！」然後支著筷子殷切的等著我點頭。是她心腸好！而這個好心腸的小惠最大的夢想，也就是開一家「飯店」。她說：「我要開一間讓客人想吃幾碗飯都可以的飯店。」

小惠家孩子多，我一直沒搞懂她排行第幾，算是窮得最徹底，而那時候山地生活困苦貧窮是正常現象。現在想來，以小惠的個性大概搶不贏她那夥兄弟姊妹，可恨我當時藏饅頭的時候，怎會那麼一板一眼的藏三個。

不知道小惠開飯店的願望，實現了沒？

趁著夕陽欲落未落，我又騎著機車到處看了一會兒，專找那近三十歲的婦人看，難得碰上一個年紀相仿的，總要特別盯上幾眼。麻煩的是我只能憑身材腰腿去判斷年紀，她們黝黑的臉孔在幾分暮色下模糊一片。近觀嫌唐突，遠遠打量實在很難在眉眸之間，尋回十七年歲月的蹤跡。

真叫暗訪，暗到看不清了怎麼訪？我搖頭苦笑。等到我目光灼灼專看女人的怪異行逕，引起幾個村中男人的好奇之後，我的戒心才起勇氣即失。「打道回府」這四個字，一下子跳入腦海裡。是該回去了，晚啦！

機車的速度逐漸加快，經過阿公店時發現那個艷媚的女老闆正在向我招手張口呼喊，旁邊麵攤桌椅坐著四五個喝酒吃菜的黑壯男子，被引得一齊轉頭注目，我頓了頓，剎車失靈般疾馳出村子。

有一點點落荒而逃的味道——而已。

3

說度日如年是誇張了點，可是，一個月下來我倒真像老了三十歲。和過去三十幾年總和相比，恐怕沒有這一個月來我對自己的檢討分析反省批評來得多而激烈。前半個月我瞧不起自己，負面的一些用詞，懦弱、畏難、小家子氣、無膽匪類等等全用上了。後半個月，我逐項替自己尋找開脫的理由，謀定而後動啦什麼的。折騰一個月後問題必須要有決定性的答案了——到底找不找人？

請教好朋友，他說話一向直截了當：「你無聊得有點瘋啦？就算找到了，能跟人家丈夫孩子說什麼？說她們以前都朝你喊陳哥哥嗎？不怕被亂棒打殺？」

試探著在長途電話裡問老婆，她倒是滿贊同我長期出差在外迷上寫文章這回事。我說我想寫一篇關於歲月和相片的小說，問她若去把相片中的孩子找出來會不會好下筆些？老婆說：「那些小女孩幾歲了？二十八、九歲？我看算了吧！只你還記得人家，那些孩子恐怕早把你忘了。」

好毒！知夫莫若妻，若說我那浪漫的念頭像條蛇，一直纏繞嚙咬著我不放，妻子這一棍正好打在七寸上！千怕萬怕，我不就擔心這點嗎？那些小女娃若以陌生的眼光看著我，好像記憶裡從沒留下一個陳哥哥的影像，豈不是無趣得很？就算我費盡唇舌讓她們依稀想起往事，甚至拿出相片指證歷歷，那就不叫浪漫，叫推理或偵探了。再說，再說老婆大人好像有點捻酸吃醋的味道……

終於下定決心——我！理由只一個，錯過這回，這段記憶就必須從腦中剔除，而除非我狠心把相片燒了，否則不管多久，再叫我看到相片，我永遠不能原諒自己曾經出爾反爾。

瞞了所有熟人的耳目，帶著相片，抽個空又朝東源跑，成敗榮辱，都讓自己一肩承擔，浪漫之美若要變成浪漫之死，那也認了。

摩托車迎著山風飛馳，覺得自己很莫名其妙的懊喪，很快的讓正午翠亮亮起伏的山巒景色取代。荊軻刺秦，易水瀟瀟，滿座衣冠似雪，情景何等慘惻，他都能走了，我只不過去尋人話當年罷了，哪來這麼多顧慮？放浪形骸和豪放莽勇原是山中子民的性情，我脫不去紅塵規範的束縛，彆彆扭扭的，又怎麼去見那山中開得燦爛無拘的三朵迎春花？想到此，心情無端端好了起來。

跑了一段山路後，我放聲高歌，一首小惠教我唱的山地情歌：

如果你不相信。
如果你不瞭解我的情，我的愛。
今天晚上我陪你聊聊天。
今天晚上來找我聊聊天。

就這麼一路唱，唱出了許多豪氣干雲，到了小村莊，這次不再瞎闖，直接進了那家雜貨店，嘴裡還唱著山歌，等到那艷媚的老闆娘迎出門來，我才住口停唱，朝她喊了聲：「小姊，伯朗咖啡一罐。」

這老闆娘瞧起人來眼光挺大膽的，我正有種豁出去的爽朗，也不客氣的上下打量她一會。她其實算不上美人，但鼻挺眼亮，淡出幾筆胭脂勾勒，便是明媚兩字。身材也好，胸腿腰腹，看得出來是沒生育過的那種緊繃挺聳，可是她的言行舉止分明是少婦型的磊落大方，實在難以判斷她的年紀，但和小惠她們應該差距不大，就算她是別個村子嫁過來的，也因小村子人口不多，大有可能認得我所要尋找的人！一回生兩回熟，我就是打算從她那兒開始著手查訪工作。

一邊喝著咖啡，一邊又哼著情歌，故作從容。其實心裡想著怎麼開口相問，沒想到，一萬萬個沒想到這女子跟著我的曲調輕輕唱起來，並且走出櫃台，衝著我抿唇揚眉：「先生，請問你是不是姓陳？」

我雙眼圓睜，脖子僵硬，艱難的點個頭。

「你從前在這裡當過兵？十幾年前？」原住民講國語原就有種特殊的腔調，她說來更是低沉柔媚，我傻傻的又點頭。

接下來她叫了一聲，恍如晴天霹靂：「陳哥哥！」

我終於懂得什麼叫「瞠目結舌」了。

嚥下口唾沫才想起該掏出相片來比對一下，是誰？是誰？她是誰？我把相片遞給她：「妳是玫瑰？阿珍？哎！妳就是阿珍哪？妳怎麼變漂亮了？」

她笑得又嬌又艷，拉著我的手直扯：「上次你一副來找人的樣子，我就看著你很面熟，你忘了每人發一張相片嗎？我是回頭翻出來相片才有幾分把握是你，哎喲！多少年啦？你還這麼年輕！」

沒有比這種恭維更叫人窩心了！我當然不老，如今的社會品質別說男人不容易看出年紀，連女人四十了都能驕傲的自稱一枝花。更讓我高興的是阿珍熱烈的反應，恍然把我帶回了陳班長的時代，兩個相隔多年的舊友，果真是把臂言歡，唏噓話當年，不知日漸西斜，月上東山。

忘情處，她斂眉忍淚，我順了順她屈捲鬆蓬的頭髮；她粲笑若花，我則捏了捏她挺秀的鼻子。偶爾沉默處，她斜倚著靠上我肩頭，滿足的嘆氣，那撲鼻而來屬於成熟女子的胭脂香味，帶著歲月的芬芳，也帶出些許男女有別的尷尬。

小女娃的成長，實在令人難以尋來蹤跡。看著阿珍艷放花容，再撫著自己下巴野草般的短髭，只覺得，哎！歲月這玩意辣辣的刺人！

離開雜貨店時，我已吃過阿珍特別加料的一大碗麵，機車箱子裡也給硬塞了三罐咖啡。就著漸圓漸滿的月光下山，慢慢的，慢慢心中那股歡樂後的哀愁浮盪起來，不可遏止。

只想趕快回到工地宿舍，趕快就一盞夜燈，寫一些心情。

4

心情不好，大部分是為了阿珍口中小惠的際遇。

小惠早嫁人了，就住在東源村內，牡丹溪畔有塊看天田，林班地雜樹山坡上散散落落的種些芋頭番薯，她接續山地傳統婦女的角色，每天揹著水壺，帶點米酒，自包自捲一些檳榔，就上山下田幹活。說到她丈夫，阿珍不屑的說：「那個爛賭鬼，當初娶小惠時口口聲聲要開家餐館，讓小惠當老闆娘，買了部計程車走恆春風景帶，跑了十年了，小惠還不是那副樣子。」

一個乾果似的婆婆還算硬朗，幫她看著五個小孩，從公公過世後就接下來全部的農事，裸足跋涉在雨季泥濘裡，攀爬在落山風勁厲的斜坡上，而丈夫只曉得偶爾回家跟她生孩子，吵著要賭本。遇人不淑這四個字，註定了她一生的命運。

這樣一個好心腸，委屈求全的小惠呵！

而玫瑰呢？阿珍神態怪異，語焉不詳。好像玫瑰還到外地讀到高校畢業，當過會計，唱過小歌星，又下海做過舞女酒女，總括起來是走入了煙花風塵的路子。我問阿珍：「可不可以把我的電話號碼給她？說我找她。」阿珍的神色更怪異了，她說：「以後我們大概可以看到她，現在不行。」

「這是什麼話？」我心裡嘀咕著。究竟才初次相認，我也不好追問，我沒追問，阿珍竟然也就不說了。

聊最多的是往事。阿珍直怪我退伍後無聲無息，害她們白叫了半年多的陳哥哥。又說到她們三個小女孩如何勾心鬥角的取悅陳班長，如何爭風吃醋，如何將悲喜啼笑的初愛情絲三縷，纏到我身上，到後來她們三個一致認定：陳班長簡直像木頭人！不解風情。

我心裡想：「莫非台灣暖陽艷日，連花也開得早，咳！」

至於阿珍自己，除了她忘形靠上我肩膀，而我避嫌略微閃避時她說過一句：「放心，我還沒嫁人。」」，其他的就什麼也沒說，多問她幾句，她嬌嬌的瞪著我，自顧扯到別的話題去了。

日記裡做過一番整理，只剩下滿腦子阿珍的疑惑。一個艷媚女子，孤獨守住荒山，擺出可終老於斯的神氣，這不合情理！那家雜貨店兼麵攤子，猶存幾分當年阿公店的痕跡，顯然她並未花心思在生意上。她的談吐氣韻，機智而練達，絕不是小小山地部落能磨出來的，甚至她對男女界線的不設防，硬是叫我有點消受不了，那是一種近乎冶蕩邊緣的熱情。

她是說過等長大了要嫁給我！我當然不相信她會為了童稚的誓言，真捨上這一大段青春歲月，我還沒浪漫到這種程度。

可是為什麼？為什麼？

5

我又尋上東源。一個禮拜來，我已分不清楚究竟是疑惑多還是思念多。打電話給她，說我有話要問，如果她敢跟上次一樣敷衍兩句，我就把她鼻子拉得像小木偶一樣長！她答應得再爽快不過了。

見了面，她挺悠閒的坐在麵攤椅子上，把腿擱上桌面，直看著我摩托車由遠而近，停下架好，走過去把她兩條腿挪下來，她仍是那種似笑非笑的表情。布鞋、牛仔褲、淡花鮮紅恤衫，俏臉薄敷胭脂，配上好身材，給人一種又年輕又成熟的感覺。我才開口：「阿珍……」

「你不用說，走，我們先去找小惠。」她攔住我的話頭，站起來坐到我摩托車上，找小惠也是我一心想做的事，有阿珍陪著更好。看她店門未開，麵攤空鍋冷灶，我也不囉唆，載著她就朝深山裡頭跑。

路只一條，曲曲折折的。山坡上採芋頭的人全直起腰，朝我們揮手打招呼，阿珍大方的攬住我的腰，在我腦後跟他們大喊大叫。轉過一處山腳，阿珍叫我停在路旁，輕聲在我耳邊吹氣：「你別說話，讓我來說，小惠就在上面揀芋頭，我還沒告訴她陳班長找來的事。」

「我要不要認她？」阿珍仰頭招手，趁著她和斜坡上的婦人以山地話問答的空檔，急忙忙插口問她，有些許緊張。

那斗笠花巾包裹的小惠慢慢走下來，阿珍回頭抿唇微笑：「你自己決定，我倒覺得不用相認！」

阿珍自手提包拿出兩包長壽菸遞給小惠，小惠扯開花巾，點菸，塞進一口包葉檳榔，笑起來黑色牙縫裡滿是猩紅渣汁。很黑、蒼老，壯且胖，這是小惠嗎？以前那個瘦骨伶仃的小惠？如此粗糙的婦人和同年次的阿珍站在一塊，讓我驚訝歲月和生活原來這麼偏心！

唯一堅持的大概僅剩下沉默。阿珍山地話講得又急又快，勸她罵她的口氣，小惠偶爾回答一兩句，搖頭苦笑，苦笑搖頭，猛抽菸猛嚼檳榔。我坐在摩托車上，隔著漠漠的一條時間長河，我知道我不會認她了！和阿珍的艷麗相對照，我寧願選擇讓她自在荒山窮鄉裡，無言的跟歲月做拉鋸戰，何須以舊事來讓她察覺眼前的不堪？

阿珍果然是個人情練達的女子，她甚至看透了我這幾分唯美浪漫的個性，可是她還是尊重我，她招手叫我過去替我倆介紹，指著小惠：「這是我朋友，小惠。」再指著我：「這一位——」她拉長了聲音等我接口，我伸出手說：「姓陳，妳好，小惠！」小惠慌亂的在花巾上擦拭手上泥巴和丟掉半截香菸，也伸出手來一握，澀啞的說了一句：「陳……先生，你好。」然後微微的掙動，抽離。

這是一隻浸漬生活苦汁，疊刻歲月厚繭和傷痕的手。卻也是這樣的手，默默捧起山地傳統生涯的艱難。情歌呢？如此一雙手的小惠還唱不唱曾經教過我的山地情歌？

阿珍再坐上摩托車時，很明顯的心情欠佳，她甚至不跟小惠說再見，只管摟著我的腰把下巴托在我肩膀上，催我走。我可以感覺她身軀豐腴柔軟的貼住我，卻絕無一絲猗旎之處！問她去哪裡，她說：「旭海，牡丹灣。」再問她跟小惠說什麼，她悶了一會才答：「可不可以不問？問了讓你心情不好。」

我沒再問，控穩機車，專心的由東源往牡丹灣走。

山路婉轉盤繞，兩旁相思林一樹黃花怒放，漫流著濃馥的木葉清香，一陣急風過處，小絨球般的黃花飄飛若雨，阿珍溫柔的沿途幫我撿拾衣褶髮際藏匿的花球。一個山角，再一個山角，遠遠望見碧海銀浪的太平洋畔，旭海小村正掩映在山海之間。

這個幾乎與世隔絕的海灣沙灘上，一地都是圓而扁平的黑亮石頭，海浪衝擊上來時，黑石海灘發出「厲厲烈烈」的聲響，更添太平洋壯闊磅礡的氣勢。阿珍柳眉倒豎，提高聲浪，也自帶出些許鐵馬金戈的味道。她說的是小惠，她恨小惠的無知，也恨自己空有熱腸，卻挽回不了一件就在眼前發生的悲劇。

小惠的丈夫和婆婆把她第二個孩子送人當養女，收了人家二十萬，小惠隱隱覺得對方不是善類，卻無法反抗丈夫和婆婆的說詞——有錢闊太太不能生育，想收養女兒。阿珍氣得踢石頭說：「大哥，這不就是販賣人口嗎？台北許多雛妓就是這麼來的，連小惠都能感覺不對，還有什麼好懷疑！」

我知道阿珍一定會把她跟小惠談話的內容告訴我，沒想到卻這般嚴重，但是不是呢？是不是都不容許再拖延，我問阿珍：「多久的事了？」她說：「快兩個月了，小惠前幾天才告訴我。」我急急拿出紙筆：「把小惠他丈夫的地址和名字給我，他是跑恆春風景線的計程車司機，對不對？這件事我來處理。」我想起一個調查局的朋友，透過他的關係和影響力，看能不能揪出事情的真相，而兩個月，兩個月會不會嫌遲了？

我叫阿珍自己在海邊遛達，迫不及急待的回到旭海小村打電話，確定這朋友答應肯調查清楚再通知我，我回到海邊，阿珍正托著腮，躲在林投樹影下等我。

並肩走入白花花的陽光海灘裡，我說事情將從小惠她丈夫那兒查起。「可是……小惠……」阿珍有點恐怖的看著我，她擔心小惠的處境，這是無法避免的事，兩害相權取其輕，可是她說：「我也擔心你，惹上這個麻煩後，你還會不會上來找我？」

我笑一笑，肯定的說：「會！就算沒空上來，你可以去找我呀！陳哥哥再不讓妳白叫了。」

阿珍退後一步，突然輕輕的圈住我的腰，把臉貼上我的背，低低的說：「我就知道你是好人。」然後，故意媚著聲音：「可是，我只知道你是陳班長，陳哥哥，你連名字都還沒告訴我，就叫我去找你，誰找你？我又不認識你！」猛地把我一推，小母豹般往前跑著笑著落下一路的鈴聲……

突然覺得這牡丹灣，雲白山青，海水藍得真是美，可這陽光亮得，嗯，是有點叫人微微暈眩的感覺。

6

午後在旭海村洗溫泉，泡得一身滑膩酥麻，連心也燒燙燙的熱，夕陽晚風中送她回去阿公店，又在那兒逗留了許久，直到半夜，獨自一人迎著疏星朗月回到工地，心中千萬般亂麻，才有梳理的機會。

算不算豔遇，當然算！算不算外遇？還沒吧！旭海村的溫泉澡堂，男女分開的有，家庭式的也有，我選擇了分開式的。可是為什麼兩人都明白，只要誰開了口，就一定無法避免上演鴛鴦戲水的情節。先是阿珍提議洗溫泉，我些些遲疑後答應了，臨到澡堂門口，輪到她遲疑著往哪走好，我是男人，原該由我開口，才不會彆扭矯情，可是我沒有，我只是輕輕抽出手掌，看著她低頭走入女澡堂裡。天知道，那時候我轉了多少念頭。

終究不曾逾越規矩！有點後悔，也有點慶幸。

一整日山水間踏青弄潮，瘋得野得不像大人，但追逐調笑之中卻慢慢滲入大人世界才懂的情愫，也慢慢發現須尋回迷失在歌聲笑語裡的戒心！必須克制它慢慢發生或不發生。

我坦然告訴阿珍，我已婚，有兩個孩子，雖說我長年漂泊在外，那是因為職業的關係，一個家，仍是我必須擔當的責任和道義。重情，使我在十七年後仍然尋來眼前笑靨如花，重義，卻必須在某些時候提醒自己，別去傷害她這張如花笑靨。

「陳哥哥，我不得不說，你真的很特殊，不像其他平地人，把我們看得隨便。」說這些話時，正是洗完溫泉，她沉默一陣子後的第一句話，聽不出來究竟是真心還是揶揄。

水濕的髮，臉上細緻的汗珠，盈盈溢溢的笑容和眼波，發散著撩人的慧黠和嫵媚，我又捏她鼻子，她卻把我的手抓住，放到唇邊狠狠的咬了一口。

回東源的路上，摩托車愈騎愈慢，是不捨吧！我告訴自己，沒有理由把一件以舊相片探尋歲月真相的美麗行動，演變成情愛糾纏的外遇事件。

到了阿珍的店鋪後她不讓我走，開了幾個罐頭，喝著啤酒，在她店後的小客廳裡舉杯對酌，阿珍酒量甚豪，一罐接一罐。有人在屋外喊著買醬油味精什麼的，她會停下話頭，開窗丟出去「明天」兩字，阿珍的故事就在逐漸加深的酒意和夜色裡，說出一個撲朔迷離的輪廓來！

她傾盡積蓄，頂下這間雜貨店，守了三年，就只為了等一個人，等一個朝夕相見卻隔著一條鴻溝的男人。她和玫瑰在一次村中耶誕慶典的舞會裡，同時認識這個村落小學教書的劉姓男子，那時候，她倆正在北部一家鋼琴酒吧當陪酒女郎，身旁不乏追求者，原沒把幾分書呆土氣的故鄉人看在眼裡，而久處浮華市塵的倦怠心情，讓她們不約而同的和這老師通信的次數愈來愈頻繁，偶爾相偕返鄉，一定三人行。還未動感情前，她們相互取笑，要喝對方的喜酒。等到三人牽扯著陷入漩渦中，一向溫婉柔弱的玫瑰主動退出，而這男人從此在阿珍和他之間劃下鴻溝，跟著退出！

阿珍說到這兒時，一口喝盡手中啤酒，空罐子咚一聲丟向牆壁，粗聲粗氣的說：「大哥，我從來就爭不過玫瑰，連她不爭的我也要不到，我不甘心！」

我看她頗有醉意，趕緊幫她收拾桌上的酒菜，她搶走了一罐，又喝了一半才睨著我說：「陳哥哥，以前你也比較疼玫瑰，因為她比我漂亮，對不對？現在你只疼我了，對嗎？哈！就算我告訴你玫瑰在哪裡，你也只能疼我了，是不是？陳哥哥。」

「玫瑰在哪裡？」這句話我果然一直含在嘴裡想問，讓她一逼又硬生生吞了進去。阿珍的醉態並不難看，亂髮蓬鬆，慵乏無力斜倚著沙發，薄恤衫解開兩顆鈕釦，壓不住急促起伏的胸膛……我可不想考驗我自己的定力，收回自己的眼光，搖頭甩開爬升上來的遐思，半扶半哄著讓她枕著我的膝蓋睡下，一面胡亂的順著她的口氣勸她安慰她。直到她睡麻了我的大腿，而我在沙發上已接近打瞌睡邊緣時她突然驚醒，起身送我出門，在門口乏力的斜倚上我肩頭一會兒，才帶著酒氣，恍惚幽微的說：「大哥，對不起，你要原諒小妹，小妹心裡難過啊！」

一點點芥蒂和不快，是我對酒醉這種狀況本能的排斥感，就憑阿珍最後的幾句話，我真的只剩下憐惜，全心全意的憐惜。

我終於明白，阿珍的貼近我，倒不是我有什麼特別迷惑她的魅力，只因我是她清純初愛的代表性人物，而她煙塵世路上曾受的委屈和目前情愛的困境，讓她有種以退回過去來逃避或毀棄自己的頹廢心態。

阿珍醉臥我膝頭時，我不欺暗室，是我對道德人格的堅守。

可是，如果阿珍在門口求我留下來，我會不會留下來？「我想我會！」回到工地後，我還是為了這樣的答案，把自己嚇一跳，久久無法入睡。

我在做什麼呀我？

7

小惠賣女兒的事告一段落。

我讓那調查局的老朋友好好的糗了一頓。他透過關係，約談了小惠的丈夫，約談了介紹人，差點把他們嚇死！找到台北那闊太太的地址，再由北部的同行去求證，很單純很單純的收養事件，那女孩才八歲。朋友電話裡罵我：「你見過這麼年幼的雛妓嗎？搞不清楚！現在那個漂亮的山地小姑娘正在台北上小學，一點問題也沒，娘的！下次別再給我惹麻煩。」

我不示弱，電話裡一句頂一句：「什麼時候社會風氣變得這麼善良了？我都沒感覺。不過，還是謝謝你。你果然神通廣大，叫人害怕！」

老朋友說：「要不要開始調查你在搞什麼飛機呀？山花雖嬌雖美，可有些是長毒刺的，小心扎手！」

我一笑置之，他好意警惕，我自有分寸。半個多月來，阿珍和我也通了幾次電話，夾纏得很，不管我怎麼解釋，她還是認為我在生他的氣。她不很清楚那天醉酒後跟我胡說些什麼，一定得罪了我，要不然我怎會一個禮拜、兩個禮拜、三個禮拜了還不上山去找她！辦公室裡同事耳朵靈得很，總不好說得太明白。我答應一定上去，現在，小惠的事情弄清楚後，我有理由去找她了。

找她需要理由，是我對自己的約束力量。工地宿舍蓋建在半山腰，晚上其實寂寞得慌，家，離得遠，總要挪得出假來才能回去，離阿珍才二十公里山路，不只一次想上去找她聊天，深入體驗遠遁塵世的山村子民的性情和生活。可是不行，我不能因寂寞而找她，我瞭解自己的毛病，多情善感加上心軟，缺乏壯士斷腕的絕對冷靜！通常這樣的人一陷入感情的泥淖，便再難拔足。

約好時間，請半天假，我仍按捺不住「約會」的心情，一路上心跳得不很正常。等到和阿珍相見，倒又鎮定下來了。阿珍開店做生意相當自由，拿了兩罐咖啡、兩罐啤酒，大門一關，就跳上我摩托車！

她說：「走，我帶你去找玫瑰，小惠的事路上聊。」

車子在荒莽小路上攀爬，愈升愈高，阿珍緊緊的抱著我，聽我說小惠她女兒的下落和調查過程。她很欣慰，我卻老覺得她不是很專心的樣子。

終於來到山頂小小平台，幾塊大石半懸出崖壁，崖邊一棵老株相思樹滿開深黃花球，在山風裡落著。整個山巔平台淺淺鋪上一層黃褐葉片落花，美得淒異，美得的哀傷。阿珍筆直走向最大的那顆石頭，說聲：「到了。」語音捲入風中，大有嗚咽之意。

玫瑰？到這兒來找玫瑰？我做過許多揣測，還以為我們會到荒山中的尼姑庵什麼的，跟過去，才發現巨石摺縫處，插著許多葉枯花殘的玫瑰花，石上一片平滑乾淨，顯然有人常常撫拭。阿珍背靠石頭，睜眼望定我，映著陽光，頰上淚痕閃動微光。

我覺得不妙，莫非玫瑰她……

阿珍咬著唇說：「沒錯，玫瑰死了，三年前從這石頭上往下跳。」

我俯身望向谷底，不是很深，但壁立峭陡，一股肅殺之氣。芳魂空埋青山綠谷，是什麼故事，須需得用這種方式作結局？奇怪的是我竟然沒有太大的震憾，只是一絲惋惜一絲感嘆，原來自己也有絕情的一面！十七年前最美麗的小花，如此凋零，只在我心中留下一聲幽幽嘆息！轉眼看見阿珍無助淒惋的顫抖著，我衝動的把她拉入懷中，吻去她奔瀉的淚水，用胸膛堵住她欲待裂喉的哭聲。

阿珍死命的抱緊我，哭著喊道：「大哥，我好恨啊！我不管了，我只要跟你，你不要不理我……」

我撫著她的背，掙扎般的慟哭讓她背上微有汗意，聽著她紊亂的泣訴，我心裡最深處也有個聲音喊著：「完了……完了。」我很清楚自己的身分，知道自己正踩在鋼絲上，略一偏差，可能就是粉身碎骨。麻煩的是妻子兒女也讓我推上鋼絲，而她們並不曾察覺任何危險。

我暗暗搖頭，暗暗嘆氣，用柔軟得不能再柔軟的聲音說：「阿珍，慢慢說，到底發生什麼事了？」

午後寂寂荒山，滿地淒涼黃葉，阿珍鋪陳出一朵山花在盛艷時遽爾萎落的因緣，這其中，她幾乎參與了每個細節，三年，說起來舊事，她仍有無可壓抑的顫慄，而我可以想像，阿珍「自困」的這三年。她是如何辛苦得過！

我更疼她憐她了。雖然她仍闔眼閉目蜷伏在胸前，我卻已偷偷的舒了口大氣！我確信，我又從鋼絲上跳下來了，輕盈而靈巧。

回到工地後，我利用三個晚上寫了封長信寄出去。然後告訴自己，可以結束了，結束這件相片尋人的故事。

阿珍的情困，其實沒多大複雜，玫瑰和她相處一直相交莫逆情同姊妹，在浮華世界裡也一起墜入歡場中，替家人兄弟賺錢蓋房子。認識劉姓男子正是她們倦於奔波尋求歸宿時，表面上這個老師一視同仁的和她們相偕出遊，終究是對玫瑰好些。阿珍用情卻深，看在眼裡，不免暗暗神傷藉酒澆愁，而玫瑰正有另一台北男子追求甚力，她一向不懂拒絕人，不懂保護自己，弄到後來人財兩失，自己一人回到山村找出老師，不清不楚的把阿珍推給他，要他不可辜負阿珍的深情。等到阿珍發現玫瑰失蹤，尋回山中，玫瑰已做墜崖人。

而那老師認定因為玫瑰要成全阿珍才出此下策，從此對阿珍視做陌路，對玫瑰之死，卻以一生不娶的毒誓自我懲罰。阿珍不肯明說前因後果，也是烈性，她不願汙染玫瑰在老師心中留下的美好印象來博取愛情，寧可將自己放逐在山村中，斷絕塵世酒綠燈紅，遙遙相伴那老師終身不嫁！

就是這樣。一個沒有海誓山盟的堅持，三年下來，逐漸成為阿珍生命中的一部分，阿珍最後說：「大哥，我曾在這兒和他碰過幾次面，他的冷漠竟是叫我怨恨而不是悲傷，有時候我會想，若他回頭來找我，可能會輪到我來拒絕他了，會嗎？我真的不知道！我還愛不愛他！」

我知道，時間！時間慢慢在疊積加厚他們之間的障礙，愛和恨的天平會因為時間的砝碼而逐漸偏差，間隔更久些，可能兩人就會各自安分自己的生命型態，再也不肯突破眼前僵局！我確信阿珍用情極深，外表冶蕩，內心堅定激烈的女子，決定了一件事不容易改變！那老師最難擺脫的是玫瑰因他而死的歉疚，而阿珍敢愛敢恨，對他的深情，他也一定知道，會讓這僵局演變成冰牆隔絕兩人，只為一個結未解——那老師並不瞭解玫瑰墜崖的真相，而阿珍不肯說。

情仇愛恨，事不關己，就好解決得很，信，是我擊破冰牆的巨錘，我用限時掛號讓它平穩快速的飛向山中。

那老師我偷偷的去瞧過了。山村小學校裡五、六個老師，姓劉的才一個，我隨便問了問學生劉老師，到五年級班上深深的看他一眼——厚實拙重的一個山地「有為」青年，更難得帶出幾分書卷氣。配阿珍，也配得過了。

阿珍有點懷疑，電話裡迂迂迴迴的套我。

問我想不想上東源跟劉老師見個面？問我她醉酒那天是不是把劉老師的名字告訴我了？問我還肯不肯上山陪陪她這個沒有人要的妹妹？在愈來愈勤的電話中，我知道，阿珍，這個激動時哭著求我不要離開的女子，已經有一個她更想投入的懷抱在等著她了。

一個月後，劉老師回了信，說他首先擬定計畫，除了買雜貨的次數增加外，三年來第一次光顧阿珍的麵攤吃麵，吃了半個月的麵，才敢開口跟阿珍聊幾句。雖然到目前為止，阿珍仍是冷著臉愛理不理，他仍將阿珍視為他曾遺落的明珠美玉，願以深情擦拭，期待她恢復往昔粲亮的容顏。他向我保證，這一生將善待阿珍，並且遵我所囑，永遠保留我寫信給他的祕密。

他一再稱讚我寫信寫得非常好，對男女情感的剖析更令他折服，還說真希望他跟阿珍玫瑰一樣，當小學生時就能認識我，親聆我教益，他也是東源國小畢業的，早她們兩年。

這樣的結局，我非常滿意，只是一點讓我不怎麼舒服，他好像把我說老了，客氣也得有分寸，何必恭恭敬敬的以弟子之禮來糗我！

相片讓我擺在辦公室的桌墊正中央，每天，我會凝視著著那三朵讓陳哥哥擁抱得好開心的山地迎春花！心裡百感交集，渾然忘我。看久了，通常我會不由自主的嘆這麼一句：

「哎！——歲月啊——」

然後，長長，長長的吐一口氣。

後壁厝的子彈事件

1

哥哥這次禍闖大了。

明天國文模擬考，我要好好加油。爸跟媽心裡已經夠難受的，萬一我再沒考好，怎能安慰父母？雖然這幾天來爸媽亂得都快把我忘記了，我還是得把功課做好，考試考好，不能粗心大意，最好是一百分。

媽媽說：「阿貞，去吃泡麵。」爸爸菸抽得好兇，整屋子菸味，在煙霧後面朝我點點頭。從哥哥發生事情之後，放學回來，家裡就是那種氣氛，真是害人不淺哪！哥哥。

早上去看秋美姊的時候，祥嬸也在家，靜靜的坐在客廳沙發，她好像也沒什麼話對我說。這種事——各有各的想法，各有各的說法，祥嬸是個善良的好人。最可惡的就是賣饅頭的老王，關他什麼事，要他來多嘴，好像非把哥哥逼死了才高興，他為什麼不去管好他的老米酒？還有那個長舌婦，好毒！秋雄雖然把哥哥打慘了，也沒他們兩個那麼討厭。

秋美姊看到我，趕快把書桌上的東西折疊起來，眼睛紅紅的。正寫信吧？給春生大哥。她一定有很多委屈。很多很多，平常那個人這麼好，這時候卻不曉得說什麼，坐了好一會兒，我才低低的說了聲對不起，這一聲對不起把秋美姊豆大的淚叫出來了，我也跟著哭！秋美姊一邊哭一邊還說，她才真的對不起哥哥。秋美姊心腸太軟了。

哥哥一直是爸媽心頭最大的折磨。熬過這麼多年，媽媽老得好快，白頭髮比爸爸還多。一家人受苦也就算了，沒想到連秋美姊也給害慘了，真的是很對不起她！

家裡就我一個人，我該定下心來把整課文言文背下來，之乎者也還會弄錯。真的很想拿張滿分的考試卷回來，給爸媽瞧一眼也是好的。為了要把哥哥帶到山裡藏起來，爸爸已經出去一整天了，也不曉得什麼時候才回來，我看，晚上大概又得泡麵了，不！不對，我要好好煮一頓晚餐，爸媽這幾天都隨便吃吃而已。

再給自己半小時，就要開始煮飯了。老天爺不公平，給我們家這樣的一個哥哥，同學們來我家時，那副心驚膽顫的樣子，讓人好難過，也不曉得哪個大嘴婆把話傳出去，全班都知道我有一個「阿達」的哥哥，那種好心，同情的眼光，真叫人受不了。又能怎麼樣呢？

有一件事，我一直沒跟媽講。早些日子，我老覺得哥哥怪怪的，看電視時，竟然發現他盯著我的短褲一直看，有一次，我在房間換好衣服出來，門一打開，哥哥就站在門口，把我嚇一跳，那種眼光真的很奇怪，有點可怕。

不要再想了，趕快把語尾助詞背熟，爸媽可能快回來了，我一定要把晚餐煮好等他們。哥哥的飯也一起煮好了，他從來沒離開家過，山裡一定不敢住，說不定爸媽還會把哥哥帶回來。

2

南無觀世音菩薩，大慈大悲救苦救難，南無觀世音菩薩……

菩薩有保佑，菩薩有靈有顯。透早去樓尾頂拈香供佛，順煞卜杯，菩薩指點，這是劫數，因果相牽連，才會來發生這款代誌。可憐喔，我這個查某囝仔，出世到這拵，這回驚一嚇有淒慘！

何家祖先沒積德，不知欠人多少，才會生著阿福仔來討債，真僥倖，為著這個囝仔，醫生卡早是一工走到晚，錢是開沒的通算，同款憨嘟嘟。惜仔生到這種孝生，敢是哭甲袂青瞑！問過庄老王爺公，一遍擱一遍，攏講這款冤仇無法可解，天意、天意，南無觀世音菩薩。

彼工，秋雄這隻猴囝仔撞入丟惜仔厝內。又捶又打，我強拉伊不住，阿福仔哇哇叫也不知也通閃避，好得菩薩有保佑，阿福仔算來粗魯大欉，會禁得打，若無，代誌又多出一層。這個猴囝仔，了後我勸伊愛忍耐，前因後果，菩薩攏總知也，不免伊來出頭，伊應我啥米迷信囉，講菩薩若有靈顯，這款代誌哪會落在阿姊身上，猴囝仔，大不敬，枉費伊讀冊讀甲高三。這世人吃人一斤，後出世著愛還人十六兩，伊將阿福仔打得鼻腫嘴腫，以後免還敢會煞咧！硬硬叫伊到樓尾頂向菩薩點香謝罪，心肝是不情不願，為伊好為伊想，伊親像求伊同款，講起來也是我欠伊，菩薩慈悲，原諒伊囝仔郎袂曉想！

秋美慢阿福仔四個月出世，厝邊隔壁，秋美囝仔時拵，不管時就是要找阿福，話自己講沒三句，咿咿哦哦跟阿福仔講歸工。三斤貓想要咬五斤老鼠，人比阿福仔卡小粒子，吵要揹伊去迌迌，也只有彼個時拵，惜仔和進興才會有笑容。目睭一霎，十幾冬就過了，惜仔彼拵講過，若不是阿福這款，伊兩人大漢了後，一定會送作堆我看有也。同船過渡，愛修五百年緣份，伊兩人這麼親，算來是有夫妻緣無夫妻命……唉！我是想去叨位去啦。

阿貞有來走過，秋美可能無啥要緊。想到彼日，我在樓尾頂拜觀音，樓下嚇嚇叫，賣饅頭的老王仔，國語我聽無半句，起先我以為要叫我買饅頭，誰知也落去樓下，二樓秋美的門鎖起來，避在裡面哭得大小聲，罔市仔面仔青筍筍，手裡拿著秋美衫褲，話攏講袜出來。菩薩有靈有顯，叫饅頭老王救苦救難，罔市仔好心好德，若無秋美就害了。沒事就好，過去就好。

明祥交代我愛甲秋美顧好，伊已經替秋美請假，客廳彼罐外國酒，我也叫秋雄送出門，連上樓尾頂拈香，也把秋美叫在身軀邊。可憐喔，我這個查某子。

大慈大悲，救苦救難，南無，南無，南無觀世音菩薩。

3

來，美華，電視關起來，阿母有話要交代。

啥貨？新聞有啥好看？千外里遠的代誌哪管得著，新聞報告報告他的，妳聽我講——妳有在聽沒？叫妳電視關起來啦！

做功課等一下才去，奇怪呢，看電視有閒，真正要講重要的代誌就要去做功課，若無我麥講！以後妳有啥代誌，別怪我沒講在先，好啦好啦，我袂牽甲老長，妳聽我講……

哎！你兩個小漢仔先去隔壁間讀冊，等一下阿姊會去巡，若有袂曉的問姊姊，不通玩尪仔標！緊去！好好，我開始講。美華，阿貞跟妳同班對不？阿貞伊阿兄妳也知，對不？彼個憨福仔，妳敢知也今日咱邊發生一件天大地大的代誌？夭壽喔！尾晚仔我剛好追出去買饅頭，不是，追到秋美伊厝，聽無？我還未講煞咧！有啦，有關係啦，啊！妳是要聽不聽？

講到叨位？對啦，我在秋美伊門口買饅頭，突然間聽到厝內秋美哎哎叫，親像割肉同款，不成聲調，我聽一下強袂軟腳，彼個饅頭王仔腳踏車一放，人就衝入去厝內，夭壽喔！歸擔饅頭攏總倒出來吃土，有啦，我有對入去，發生啥米代誌，我袂哪知？妳是「喔」啥貨？我才跟進去，差一點給阿福仔撞死，彼個憨福一欉那山咧衝出來，老王追在後面像打狗一樣，一直追到厝外埕尾。秋美，對，秋美同款衝出來，衝上去二樓，門鎖起來哭甲牽調。我從外面入去，厝內電火未開，看無真清楚，秋美甘哪沒穿衫褲，沒穿，對！衫褲給彼個死阿福仔丟在埕尾，是我撿返來還妳祥嬸，夭壽喔，按咧，不煞呼彼個死老芋仔看了了去啦？

管區警員有來，老芋仔去報的。強姦未遂！聽講秋美是在洗身軀，憨福仔不知按怎跟進去浴間？好家在！老芋仔腳手緊，若無，秋美就死路一條。

美華，這件代誌別人怎樣解決，甲咱無代！阿母要交代妳，特別注意，妳已經十六歲，彼個憨福仔今二十，人高漢大，不比囝仔時拵，卡麥去接近咧卡好，有聽無？若去遇到像秋美這種代誌，不值哪啥！沒可能？代誌明明發生了，妳還講沒可能？阿母敢會去騙妳——美華，美華，妳袜去叨？

死查某鬼仔，硬嘴硬舌，呼伊去問看覓也好。

4

後壁厝，也就是中寮村第二鄰，有一顆炸彈。

剛到這個鄉下小村莊派出所報到，老所長就這麼告訴我。一顆炸彈？

第二鄰編入我的管轄範圍，鄉下人憨直得很，對於管區警察還是很尊重。我因此很快進入狀況，那一顆炸彈指的是何進興的大兒子，何添福，起碼一百八十公分，超過九十公斤，年齡二十，無前科。戶口普查後，我自己下一個結論：無攻擊性低能兒。

外觀壯碩，一臉痴呆，笑嘻嘻的任由小孩子欺負，觀察過好久了，三年吧，這三年變化真大，原來一條小肥羊似的何添福，變成了大公牛。個性雖溫馴，那一臉鬍渣子長出來也夠唬人的。

說句真心話，幹這行的有手槍有電棒，鄉下地方誰耐煩成天掛在身上，曾經考量過，哪一天真遇上這牛發起飆來，赤手空拳的恐怕吃他不住，太壯了。

跆拳道和擒拿術好久沒認真練過了，又不是刑事組，需要隨時出生入死攻堅破銳，那就非練不可。再說，派出所總共七個人，就只我一個人埋著頭練，沒個伴，久了也就洩了氣啦！

還有更洩氣得呢！這個時代，所謂的民主陣痛期，警察還是人民保母嗎？就算保母吧！也是個挨罵不還口，挨打不還手的保母。電視新聞和報紙上，老看到那站成一列橫隊的警察，杵在那兒讓人丟石頭吐口水，不疼嗎？不氣嗎？誰不是人生父母養的？警察也是份職業，一樣要養家活口，可沒見過這麼不受尊重的行業。那些吐口水的人士，叫個妓女上床，還得躬身陪著笑呢！誰又肯給我們警察好臉色看？合法帶槍，打擊罪犯，本來也滿威風的，可是，現在外頭不怕死的混混跟黑星紅星一樣多，而且子彈一梭梭轟出去，沒人叫他寫報告。

愈想苦水就愈多，氣得自己都快沒風度了。不說這些，至少，在中寮村還真是人民保母的。

那天，饅頭老王衝進來大呼小叫，連打瞌睡的老所長也跳了起來，何添福出事了，強姦——還好，未遂！受害者陳秋美，陳老師的大女兒。所長和我一起去瞭解情況之後，我還是認為他是一顆沒有雷管的炸彈，外型恐怖，不會傷人。所長同意饅頭老王的建議，堅持隔離，說這傢伙長得跟牛一樣，再乖的牛，不小心還是會踩死人。闖到女孩浴室裡扒了人家衣服，這對村裡善良風氣會產生負面作用。他是長官，又是主管，官和管都是兩張嘴，我當然說不過他。而且，他希望所裡能夠高掛「無事」牌，那最好！我就更不必反對了。

所長勸他們私下和解，想辦法把何添福送走便了事，不做筆錄，不留前科，免得那些吃飽撐著的記者大人聞風而來。帶點色彩，受害者又是中寮村的大美人，那是社會版的好題材，讓記者筆一寫，大小姊清白全毀了。

才說著曹操，曹操就來了。胡記者，胡大記者，歡迎大駕光臨，何添福？送到山上親戚家去了，強暴？誰在胡說八道，一場誤會，沒事，沒事。

5

小陳，買饅頭嗎？還是來找俺殺兩盤？

哭喪著臉怎麼著？這丁點兒芝麻事，天要下塌來似的。你姊姊現在還可以吧！寒毛沒掉一根，當被野狗嚇了算。

唷嗬！這是啥跟啥呀，洋酒咧，送給我的，拿回去，別叫人看了笑話，什麼救命之恩，趕跑一條野狗罷了。

那個白痴！不是俺沒同情心，要不，也不會餵了他五年有吧那白饅頭，他奶奶的，老跟在俺腳踏車後頭，俺喊一聲，他叫一聲，笑嘻嘻裂嘴流口水，不拿個饅頭塞他嘴，俺生意甭做了。

這中寮村，就屬你爹有修養，秀才氣。俺斗大的字，識不了一籮筐，可也敬他讀書人，這等名貴的酒，萬萬不敢收。說真的，你家隔壁養了那白痴，保不準會出了啥事，俺朝你爹提過好幾回，沒討論個結果來，這會兒真出事了。

人情，道理，沒啥好講，該怎麼著怎麼著，俺叫那警察按著「法」來辦，清水樣兒的大閨女，嚇成那副德性，總不成就算啦？那個真是俺嗓門大，將二楞子給唬了，要不俺這把老骨頭，哪擋得住他一隻胳臂。他奶奶的，扒了人家衣服不說，還直往人家姑娘光溜溜的身上湊哩！

聽說你後來追到那二楞子家裡，狠揍了一頓？老弟，這俺可要說說你，氣歸氣，可不是啥血海深仇，哪能真刀實槍的硬幹！賠命？那你就虧大了，反正和解了就好，往後放機靈些，多顧著姊姊點，別像你媽那老好人，女娃兒在樓下叫狼給吃了，她還在樓頂抱菩薩！抱歉俺這嘴巴。

送走好，送走好，這陣子我老早瞧那愣小子不對勁，養馴的狗嘛發了情，也就不聽使喚，著，就是那話。以前在咱老家，一個寡婦跟一個愣小子，就是叫村人們打床鋪上揪出來過，這話咱可擺在心裡頭就行，別說出去，沒得叫人怨到身上來。

他是被送往哪？山上？種果樹？也可憐哪！爹親娘親的呵著慣了，一下子攏在荒郊野嶺，夠他受的，算了，苦日子誰沒過過，想當年……當年，不提當年事，怎的，不殺兩把就想溜？

咦？小陳，酒哪！你忘了拿，拿回去啊！小兔崽子，別顧著走，打開了？啥？瓶蓋你打開了？啥，真是——香啊。這，這不是坑人嗎？

謝啦！向你爹謝過。他奶奶的，怎麼好意思。

6

阿惜，惜仔，哮卡細聲咧，三更暝半，地靈輕，厝邊頭尾會去聽到，嘜哭，嘜哮，不好擱哮啦！

講過幾遍，是咱阿福不對，派出所無抓去關，隔壁陳老師擱肯放咱煞，已經愛感心，這款結果，擱有啥米通怨嘆？

我知，妳無怨無嘆，妳是袂放心阿福放在山頂尾溜，袂放心也是無法度，妳想看覓，好得妳小漢舅仔有這支山，擱肯收留阿福，若是無咱袂搬去叨位卡好？擱講，阿福自己知影輕重，不敢黑白走，在山頂顛倒卡安全，小漢舅仔算起來是妳親人，對阿福的性子也有瞭解，無代誌，嘜想彼多！好睏啦！明仔透早，崁頂的香瓜愛挽三四百斤給人，販仔差不多七點就會來秤重，不通去誤人時間。

擱講這有啥路用？不相信，不相信？阿福哪會把人衫褲拿在手裡，丟在埕尾。若是囝市仔一個人講，可以不相信，饅頭老芋仔這款人，袂去講白賊話，阿福伊那無做錯，袂避入去眠床腳，人伊秋雄仔平常有禮有數，彼工衝入來，哪哭哪打！飼到這款囝仔，我哪敢去講——講伊一下半下……

哮啥？我無哮啦！塞伊娘咧，天公伯仔無目睭，我何仔進興前世人若有去殺人放火，將我出世作畜生禽獸攏無要緊，跟咱阿福有啥牽連？給人打甲一隻那狗同款！無目睭啦你，天公伯仔，跟妳講我無哮妳是無聽到呢！

塞伊娘咧——

我無怪妳，無啦！後日咱擱去一趟山頂，我看，妳暫時在山頂住幾工，田裡我來看頭看尾就好，阿福盡量呼伊會慣習山頂生活，叫伊逗擔水逗刈草，不通在那憨憨等吃飯，吃飯愛稍擋咧，不比在厝，一頓吃人五六碗擱不知飽。阿貞仔妳免煩惱，這個囝仔真會曉想，我知，袜擱泡麵準三頓，妳無看阿貞仔晚頓煮甲這豐富！哎！兩個囝仔那會差這多！

問卜，嘜啦！還啥米清白？和解書腳模手模攏印落去，王爺公講啥是有路用？妳講啥？阿福伊拿衫褲是要給秋美穿？妳起肖啊妳，阿福咿哦叫比東比西，妳是看對不對？秋美洗身軀，哪有可能叫阿福拿衫褲走入浴間，人伊秋美驚了有夠慘，和解的時候，猶原聲聲句句替咱阿福求情，妳話不通黑白講，啥米清白不清白，還阿福清白，按呢，等於講人秋美不清白，妳知也沒？

好啦，嘜番啦，緊睏，後日透早，阿貞去學校了後，咱擱去小漢舅仔的山場走一趟。

7

春生：夜好深，好深，深得連蟲鳴蛙鼓全沉澱了，幾日來翻攪的心情，此刻一口古井。

剛剛把燈全部熄滅，坐在房內睜大眼睛，彷彿一個無面目的女子，偷偷在黑暗中重新拼湊自己破碎的容顏。月光自敞開的窗口透入一層冰也似的清冷，反射的微光暈染開來，房內書桌，梳妝台輪廓隱約可見，我的手足臉龐也漸趨分明。

把鏡子拿來，就著月光，仔細瞧瞧自己的新面孔，映月處柔美細緻，凝聚的陰影是那險巇莫測的黑，瞧瞧自己呵，春生，我是真正用「心」在觀察自己，分析自己潛伏的善或惡，剛強或軟弱，聖潔或淫媚。

春生，你是我這一生的最愛，你也曾托住我的臉，仔細端詳，可是，你沒辦法真正看清楚我，沒辦法！你的眼睛裡有太多的愛，愛情升起美麗的霧紗，遮擋你原本睿智銳利的眸光。

從不曾如此冷靜而殘酷的切割自己，相愛一場，我不得不心疼的向自己宣布：你錯看了我，錯愛了我，我——不——配。

你英挺帥氣的外貌和你堅定優雅的內在本質，配合得無懈可擊，我不是，只是我懦弱自私的惡相，被遮蓋在你看不到的、美艷的皮肉之下。

多麼希望再聽一次你說我好美好美。

鑽石，需要經過高溫焙煉後，雜質盡去才得來晶瑩剔透。而我在這場火劫中敗下陣來，發現了自己的一無所有，這其中，恐怕包括了我將失去你。

這樣太私己的自我審析，對你不公平。惜我疼我如你，絕對還是會像以前一樣，敲我的頭，親暱的說：「我的女詩人，女文學家，我搞不懂妳，沒關係，我只要愛妳就行。」

我愛你，我不要你所選擇的愛有任何瑕疵，所以請聽著，仔細聽著。

隔壁阿福，你是知道的，那個智障者，被放逐到深山裡，禍首是我。

我和阿福，應是前世夫妻，今生他以憨兒的形態繼續追隨，沒有人像我這麼瞭解他，我可以從他的眼睛裡讀出他被禁錮的心靈。（我說過而你不相信）由小到大，我習慣藏一片餅乾，一塊麵包，甚至一碗白飯，在沒人看見的時候交給他，（他家父母會限制他的飯量）吃完後他會點點頭自動走開，眼裡滿是感激和快樂，多少年來，我一直是他最信任的，另一個祕密的母親。

那天下班，我急忙忙趕回來想沖個涼，我把外衣吊在門外，沖好澡後我不想再穿那汗濕的內衣，門一打開，阿福悄無聲息的正堵在門口。我知道他要什麼，而我皮包裡也早替他留了幾片土司，這無邪索食的嬰呵，正期待著授與受間的情意，可是我必須先穿上衣服，躲在門後，我歪身探頭輕聲叫他把衣服拿給我，誰知道，他拿衣服給我，而我伸手接時滑了一跤，差點摔進浴缸。

對不起，春生，請務必耐住性子，聽我說清楚細節，你才能真正瞭解我。

就這一摔和我失聲的驚呼，阿福竟然推門進來，要來扶我。天啊，我明明看見他眼中的焦急和關懷，卻只能狂亂的叫喊著要他出去，出去！那一剎那，我是如此醜陋呵！春生，待我稍微定下神，那個饅頭老王的臉，卻從阿福肩膀上憑空長了出來，神色猙厲！春生，沒有衣物遮掩的我，叫老王毒蛇般的眼睛，把所有的屈辱和恐怖全牽引出來，那才是我放聲尖叫的原因。那一剎那，只一剎那吧？為什麼我還分辨得出，阿福焦切的眼神迅速轉換成失措驚懼，然後，像隻中箭的鹿般轉身躍起，奔逃而出。那一剎那啊，我是不是羅剎厲鬼？

就算是，我也是個最膽小的羅剎厲鬼，衝出門外，衝進房間擁被大哭，哭了好久好久，才發覺自己仍然身無寸縷。

春生，就是這副軀殼，要為你我留待鴛盟之夜的身軀，我自私的不准任何人的眼光停留，卻因此把一個赤嬰的心靈，生生扼殺！我，我怎對得起阿福，對得起你——我前世今生的夫君。

說完了，春生。整個後壁厝，沸沸揚揚正議論著的，就是這麼一件強暴未遂案。所有的經過，也將在輾轉相傳中逐漸被渲染誇大，甚至醜化成我是「受害者」，我會愈來愈無辜，而阿福無能辯解，將被判定成什麼樣子呢？春生，連你都不肯相信我口中嬰般的阿福，這世上還有誰肯相信，我才是真正把阿福害慘了的惡魔呢？

有誰會去看看他受傷而哀憐的眼睛。

春生，此刻，月光把我跌坐的身影，扭曲折疊上牆壁和天花板，那也是我，潛伏在我內在，無面目的女子！更像獸，陰森森的彷彿要撲下來，我不要呵！春生，我寧願閉上眼睛，不去看自己，就這麼溫柔繾綣在你懷中，生生世世。

你，你還會要我嗎？

8

三樓頂上，天光濛濛初亮。十幾戶人家低矮磚房瓦厝，在眼下猶帶幾許霧氣般的夜色。

屈膝垂肘，凝神呼息，一式攬雀尾。吸吐推送，練來氣息老不順暢。太極拳的沉緩圓柔，連著幾天，全走了樣。

心裡有事，有事梗著，事情並不是「因為秋美受到侵犯」這麼簡單，而是它所引出的問題。

一份和解書，送走一個智障低能兒，其實問題並沒解決！中寮國小裡，也有好幾個輕微智障兒，傻呼呼的成為同學們取樂的對象，只要不是惡意捉弄，那些智障兒也會咧嘴開懷嬉笑，更多的時候他們空洞洞的眼睛，看了才教人心生不忍。

精神療養院、龍發堂、遊民收容所……不管官方民間的機構，總加起來，和眾多智障患者還是不成比例。而且大部分收費昂貴，絕不是中寮村這些樸實農家所能負擔。平時這些念頭，只偶爾閃現，若不是秋美的事發生了，我可能不會如此衝動。

真是衝動，卻是深思熟慮後的衝動，我向丁校長提議，成立一個智障兒童班，撥一間教室，裝設安全性體能訓練空間，聘專人照顧指導，定期醫療或檢驗等等，校長聽完我一條條詳細說明之後，只向我說：「陳老師，這是政府該辦的事，不是我們小學校能管得了，如果你覺得我們一定能把它做好，三天後，我們再來討論。」

年輕的校長，卻有著老狐狸的智慧，我反倒變成糊塗頑童了。

學校經費一向不足，向縣府爭取到每一分錢，需要花在絕大多數正常孩童身上，而不是少數的智障兒，校長就算有心，也是無力。若是負擔轉嫁給智障兒父母，那麼，毫無疑問，那些智障兒童全部被叫回去，像隔壁的何添福一樣，成為一顆到處晃蕩的炸彈。

想到發生過的新聞：一個智障者傻傻逛上高速公路，大卡車急剎車後翻倒路面。後面車子一部部追撞過來。一場連環車禍，奪走十條無辜的生命，而第十一條生命該死嗎？那個智障兒粉身碎骨肝腦塗地，也賠上了。

怎麼辦，怎麼辦？果真百無一用是書生嗎？

三樓傳來錄音帶誦經聲，梵唱、晨鐘、木魚銅鉢，好不熱鬧，那是老婆子一個自足圓滿的世界。何家夫婦剛剛出門，斗笠挑擔，少了平日跟在後頭的何添福，夫婦倆背影顯得有些單薄冷僵。通往第四鄰的小柏油路上，有更早起的，是老王。為了秋美，那天他打翻了一腳踏車的白饅頭，他固定一早一晚每天跑兩趟，取上學前下班後黃金時段叫賣。等到饅頭老王來到後壁厝路口，那三聲「饅頭」的吆喝，就會把整個小村落叫醒。燈，一盞盞從每家窗口亮起，把晃動的人影映到庭院泥地上。

小村一貫安詳的步調沒變，可是，只要放進去一顆炸彈，便要充滿詭厲的變數，那可不行！不行！

怎麼辦哪？畜牲，陳老師！

給老婆子留些佛經錄音帶，秋雄讀高三，成績體格都不差，考軍校沒問題吧？讓國家養他一輩子；秋美更沒問題，春生挺優秀的，可以倚靠終生。好啦！再找校長談談，大不了這棟後壁厝高高在上的三層樓，不要了吧！

吐納調息，澄心靜慮，這一式攬雀尾再走一遍。

嘿——噓——

國家圖書館出版品預行編目資料

易水寒 / 陳秋見著. --初版. -- 臺中市 : 晨星, 2014.08
288面 ;　公分. -- (晨星文學館 ; 53)
ISBN 978-986-177-900-3(平裝)

857.9　　103012536

晨星文學館 53

【黑手小說】
易水寒

作者　陳秋見
主編　徐惠雅
校對　黃幸代、徐惠雅、沈詠潔
內頁排版　曾麗香

創辦人　陳銘民
發行所　晨星出版有限公司
台中市407工業區30路1號
TEL：(04)2359-5820　FAX：(04)2355-0581
E-mail: service@morningstar.com.tw
http://www.morningstar.com.tw
行政院新聞局局版台業字第2500號
法律顧問　甘龍強律師
初版　西元2014年8月20日

郵政劃撥　22326758（晨星出版有限公司）
讀者服務專線　（04）23595819＃230
印刷　上好印刷股份有限公司

定價300元
ISBN 978-986-177-900-3
Published by Morning Star Publishing Inc.
Printed in Taiwan

◆讀者回函卡◆

以下資料或許太過繁瑣，但卻是我們瞭解您的唯一途徑，

誠摯期待能與您在下一本書中相逢，讓我們一起從閱讀中尋找樂趣吧!

姓名：＿＿＿＿＿＿＿＿ 性別：□男 □女生日： / /

教育程度：＿＿＿＿＿＿

職業：□學生 □教師□內勤職員 □家庭主婦

□企業主管 □服務業 □製造業□醫藥護理

□軍警 □資訊業 □銷售業務 □其他＿＿＿＿＿＿

E-mail：＿＿＿＿＿＿＿＿＿＿＿＿ 聯絡電話：＿＿＿＿＿＿＿＿

聯絡地址：□□□＿＿＿＿＿＿＿＿＿＿＿＿＿＿＿＿

購買書名：【黑手小說】易水寒

・誘使您購買此書的原因？

□於＿＿＿＿＿書店尋找新知時 □看＿＿＿＿＿報時瞄到 □受海報或文案吸引

□翻閱＿＿＿＿＿＿雜誌時 □親朋好友拍胸脯保證 □＿＿＿＿電台DJ熱情推薦

□電子報的新書資訊看起來很有趣 □對晨星自然FB的分享有興趣 □瀏覽晨星網站時看到的

□其他編輯萬萬想不到的過程：＿＿＿＿＿＿＿＿＿＿＿＿

・本書中最吸引您的是哪一篇文章或哪一段話呢?＿＿＿＿＿＿＿＿＿＿

・請您為本書評分，請填代號：1. 很滿意 2. ok啦! 3. 尚可 4. 需改進。

□封面設計＿＿＿＿ □尺寸規格＿＿＿＿ □版面編排＿＿＿＿ □字體大小＿＿＿＿

□內容＿＿＿＿＿ □文／譯筆＿＿＿＿ □其他建議＿＿＿＿

・下列書系出版品中，哪個題材最能引起您的興趣呢?

台灣自然圖鑑：□植物 □哺乳類 □魚類 □鳥類 □蝴蝶 □昆蟲 □爬蟲類 □其他＿＿＿＿

飼養&觀察：□植物 □哺乳類 □魚類 □鳥類 □蝴蝶 □昆蟲 □爬蟲類 □其他＿＿＿＿

台灣地圖：□自然 □昆蟲 □兩棲動物 □地形 □人文 □其他＿＿＿＿＿＿＿

自然公園：□自然文學 □環境關懷 □環境議題 □自然觀點 □人物傳記 □其他＿＿＿＿

生態館：□植物生態 □動物生態 □生態攝影 □地形景觀 □其他＿＿＿＿＿＿

台灣原住民文學：□史地 □傳記 □宗教祭典 □文化 □傳說 □音樂 □其他＿＿＿＿

自然生活家：□自然風DIY手作 □登山 □園藝 □觀星 □其他＿＿＿＿＿＿＿

・除上述系列外，您還希望編輯們規畫哪些和自然人文題材有關的書籍呢?＿＿＿＿＿

・您最常到哪個通路購買書籍呢? □博客來 □誠品書店 □金石堂 □其他＿＿＿＿＿

很高興您選擇了晨星出版社，陪伴您一同享受閱讀及學習的樂趣。只要您將此回函郵寄回本社，或傳眞至（04）2355-0581，我們將不定期提供最新的出版及優惠訊息給您，謝謝!

若行有餘力，也請不吝賜教，好讓我們可以出版更多更好的書!

・其他意見：＿＿＿＿＿＿＿＿＿＿＿＿＿＿＿＿＿＿＿＿

晨星出版有限公司 編輯群，感謝您!